Coração de
BILIONÁRIO

RUTH CARDELLO

Coração de
BILIONÁRIO

Tradução:
Maria João Vieira

Quinta Essência

© 2011 *by* Ruth Candello

Diretor editorial: Pascoal Soto
Editora executiva: Maria João Costa
Assessores editoriais: Bruno Fiuza e Raquel Maldonado
Preparação de texto: Natalia Klussmann
Revisão: Fabrício Fuzimoto
Diagramação: Abreu's System
Designer de capa: Maria Manuel Lacerda
Imagem de capa: © Shutterstock

CIP-BRASIL. CATALOGAÇÃO-NA-FONTE
SINDICATO NACIONAL DOS EDITORES DE LIVROS, RJ

C256c   Cardello, Ruth
       Coração de bilionário / Ruth Cardello; tradução Maria
   João. – Rio de Janeiro: Leya, 2013.
       224 p.: 21cm

       Tradução de: *Maid for the billionaire*
       ISBN 978-85-8044-654-8

       1. Romance americano I. João, Maria II. Título.

13-0383.   CDD: 813
                              CDU: 821.111.(73)-3

2013
Todos os direitos desta edição reservados a
TEXTO EDITORES LTDA.
[Uma editora do Grupo Leya]
Rua Desembargador Paulo Passaláqua, 86
01248-010 – Pacaembu – São Paulo – SP – Brasil
www.leya.com.br

Este livro é dedicado a Heather e Karen — duas amigas que jamais se cansam de rever a história comigo. Ele também é dedicado a meu querido marido — um homem bom, que muitas vezes faz todas as tarefas de casa para me dar mais tempo para escrever.

UM

Morrendo naquele momento, seu pai tinha ganhado novamente. Aquele velho desgraçado.

Dominic Corisi bateu a porta de seu Bugatti Veyron preto e pisou na quente calçada de Boston sem lançar a seu carro de um milhão de dólares uma outra olhada. A alegria de o possuir havia morrido há muito tempo, do mesmo modo que seu desejo de atender o toque incessante do celular que ele andava ignorando desde a véspera. Em vez de desligá-lo, ele abafou o som enterrando profundamente o aparelho dentro de um bolso de seu casaco, mantendo a conexão com sua vida feito um sinal de advertência.

Apesar do calor opressivo, ele parou no final da escada de sua antiga casa de três andares. Não havia nada de espetacular nela, apenas sua localização perto da animada rua Newbury. Se ele ainda se lembrava bem, seus quartos eram pequenos e a escadaria principal sempre fazia um rangido que nunca chegou a ser consertado. Nada parecida com as fantásticas mansões que ele agora possuía em vários países ao redor do mundo.

Mas foi o mais próximo que ele teve de uma casa.

Seu celular tocou com um som que ele não podia ignorar. Jake. Seu homem de confiança voltaria a telefonar, matando qualquer chance de Dominic ter um pouco de paz dentro daquelas paredes de tijolo.

— Corisi — latiu ele para o telefone.

— Dominic, graças a Deus, peguei você — disse Walton Jake calmamente, como se ele não viesse ligando sem sucesso por mais de vinte vezes nos últimos dois dias. Aquele era Jake, calmo e profissional, mesmo em meio à tempestade das aquisições hostis. Nada intimidava aquele homem.

Normalmente, Dominic apreciava seu temperamento, mas, hoje, isso o irritou. Talvez as mais de quarenta horas sem dormir estivessem começando a fazer efeito. Precisou lutar contra o impulso de jogar seu celular nos trilhos de metal. O mundo não era aquele lugar organizado e racional que Jake queria que fosse. Era uma bagunça. Era feio. E, mais recentemente, era injusto.

— Tudo bem em Boston?

A pergunta inútil quase fez Dominic explodir.

— O que você acha?

Provavelmente, era esperar demais que aquele incaracterístico silêncio marcasse o fim de uma conversa que Dominic queria evitar.

— Precisamos discutir o contrato com a China. O Ministro do Comércio está esperando para se encontrar com você amanhã e discutir os detalhes. Esse é seu sonho, Dominic. Na próxima semana, a Corisi Entreprises será um grande parceiro mundial. O que você quer que eu diga para o Ministro?

— Não sei — disse Dominic, cansado.

Jake fez um som entre um estrangulamento e uma tosse, então ficou sem palavras — uma resposta esclarecedora para um homem que tratava com coléricos diplomatas internacionais sem perder o passo. Ele sempre estava no comando e resolvia qualquer assunto inesperado com facilidade. Até agora.

Pobre Jake. Nada na história que eles partilhavam tinha preparado um dos dois para o desejo repentino de Dominic de retirar-se do mundo. Criadores de impérios financeiros não saem de férias de repente e, sem dúvida, eles jamais se escondem, especialmente depois de haverem preparado o terreno para um empreendimento único, o maior do século. O próprio Bill Gates havia telefonado a ele na semana anterior para discutir as ramificações do negócio.

— Jake, por favor, vê se me esquece por uma semana. Por que você não trata do contrato com a China?

— O-o-o-k! — falou Jake, sem jeito. Em outra situação, a perda de compostura de Jake teria até sido divertida.

— Você pode resolver isso ou não? — Quis saber Dominic, desafiador. Ele mal conseguia pensar em outra coisa além de sua enorme dor de cabeça.

Talvez vir para Boston tivesse sido um erro. Fora ali, aos dezessete anos, que ele largara sua herança e virara garçom para financiar a busca de sua mãe. Ali, naquela casa de três andares, ele tinha cultivado seu ódio por um pai que havia se negado tanto a se envolver como a se interessar pelo desaparecimento da esposa. A voz de Jake trouxe Dominic de volta ao presente.

— Sem problema. Eu acompanhei suas negociações com a Agência Chinesa de Promoção de Investimentos. Eles estão ansiosos. Desmarcar minha agenda e cobrir os seus horários. Duhamel irá encaminhar todas as chamadas para mim até novo aviso.

— Ótimo!

— Dom... — Jake hesitou. — É normal você estar precisando de um tempo de luto. Acabou de perder seu pai.

Dominic deixou escapar uma risada áspera.

— Acredite em mim, Jake, não estou me sentindo nem um pouco de luto. — Ele encostou o quadril no corrimão de metal e olhou o edifício para onde, instintivamente, estava voltando em busca do homem que um dia havia sido e onde esperava encontrar alguma coisa que chacoalhasse a apatia em que estava vivendo desde aquela época; grandes expectativas depositadas naqueles tijolos e naquele papel de parede antigo.

— É isso que está me preocupando. Não importa quais eram seus planos ou o que ele fez com você, ele se foi. E agora você precisa deixá-lo em paz. — Jake falou.

Jake estava lhe pedindo algo impossível. É claro que o passado era importante. Por vezes, era mesmo a única coisa importante.

— Faça seu trabalho, Jake. Se não der, me avise e eu coloco Priestly para ajudá-lo.

Pela segunda vez, desde que eles haviam se conhecido em Harvard, Jake perdeu a paciência.

— Besteira, Dom! Você quer mandar Priestly para a China? Mande ele. Você está certo. Você me fez um homem muito rico. Eu não preciso mais disso. Mas eu estou avisando, você não vai continuar bilionário por muito tempo se ficar longe do leme. Há muito em jogo com este contrato. Se você estragar tudo, basta um processo judicial para congelar todos seus bens. Você investiu a maior parte de seu dinheiro e agora está jogando com os maiores. Os governos não perdoam quando você recua no último momento.

Esse discurso deveria ter abalado Dominic, mas nem chegou a perturbar o entorpecimento em que ele estava desde que havia recebido o telefonema do advogado de seu pai. Afinal, o que importava todo aquele dinheiro? Ele passara os últimos quinze anos de sua vida construindo um império para, um dia, poder atirar aquele gigantesco contrato na enorme mesa de mogno do pai. Dominic deveria ter agido anos atrás, mas seu nível de sucesso jamais lhe parecia suficiente. Ele havia coreografado esse dia de ambos os lados, a construção de sua empresa à medida em que minava a de seu pai, sempre trabalhando para aquela vitória absoluta. Dominic imaginava que o desespero do pai finalmente o forçaria a confessar o que realmente havia acontecido com sua mãe.

Agora, era essa a perda que ele lamentava.

Em vez de tudo isso, recebera do advogado de seu pai um conjunto de instruções cuidadosamente orquestradas. Não, não chegava simplesmente deserdar seu único filho; Antonio Corisi também tomara medidas para que Dominic assistisse à leitura do testamento. Ele usara a única fraqueza de Dominic, sua única dor, para reafirmar seu controle, até mesmo no túmulo.

Jake tossiu, lembrando a Dominic que precisava de uma resposta. O que poderia dizer? Como de costume, Jake estava certo ao avaliar a situação. Dominic havia usado sua própria fortuna, bem como a de outros investidores, para apoiar aquele empreendimento. O risco parecia valer a pena. O contrato com o governo iria obrigar o mercado chinês de *software* a se abrir para eles e sua influência global dobraria exponencialmente. Havia sido uma jogada ousada que, se cuidadosamente executada, iria colocar a Corisi Enterprises na estratosfera do poder, onde poucas empresas chegavam; uma meta que há uma semana parecia imperativa.

Jake podia liderar as negociações. Dominic sempre havia sido aquele que ia à frente, avaliando a situação e abrindo caminho. Desta vez, não seria diferente. Desta vez, Jake apenas assumiria suas funções um pouco mais cedo. Priestly era bom no terreno, mas não estava ao nível de Jake.

— Uma semana, Jake! — Isso era a coisa mais parecida com um pedido de desculpas que Dominic era capaz de falar. Ele esperava que fosse suficiente.

— Tire duas semanas, se você precisar — disse Jake, parecendo mais um irmão mais velho do que um parceiro de negócios. — Coloque sua cabeça no lugar. Eu cuido do contrato com a China mas, no final, você vai precisar assinar e estar presente. Eu vou fazer um comunicado para a imprensa hoje mesmo e pedir que a mídia respeite seu luto privado; isso vai dar a você alguns dias até os jornalistas aparecerem por aí.

— Telefone para Murdock. O homem me deve alguns favores.

— Você está querendo dizer o Murdock? Achei que ele tinha se aposentado.

"Ah! Essa é a verdadeira diferença entre nós dois", pensou Dominic. Jake jamais combatera nas trincheiras da guerra financeira e suas parcerias empresariais haviam permanecido acima de qualquer suspeita, no entanto, por isso mesmo, ele também não tinha aquelas importantes ligações com pessoas que pareciam sem importância mas que, de fato, exerciam uma influência mundial. Casualmente, Dominic deu a Jake um número de celular que muitos teriam desembolsado uma pequena fortuna para discar apenas uma vez.

— Homens como Murdock não se aposentam, eles se mudam para climas mais quentes. Diga a ele que eu não quero nem uma boa notícia sobre isso. É sem notícia. Ele vai entender.

Jake assobiou, elogiando.

— Tem alguém que você não conhece?

— Sim, tem. Você mesmo, se voltar a me ligar hoje.

Jake riu, mas ambos sabiam que não havia sido uma piada.

— Ora, por favor, Dom... — Jake continuava falando em um tom incomumente autoritário.

O que ele queria agora? Dominic suspirou.

— Largue o uísque por uma noite e pegue uma dessas modelos com quem você costuma ficar. Você vai dormir melhor.

Dominic deu um grunhido não comprometedor e desligou. Se fosse assim tão fácil.

DOIS

Carregando uma enorme pilha de lençóis, Abby Dartley ficou gelada quando ouviu o clique da abertura da porta da frente. Droga. Ela não podia ser apanhada ali, especialmente quando estava usando uma camisa grande demais e calça jeans em vez do uniforme de empregada de sua irmã. Lil precisava daquele emprego. Limpar a casa de um homem que jamais morava ali havia parecido uma maneira bem simples, embora chata, de ajudar sua irmã a manter aquele emprego.

— Não deixe ninguém ver você. — Lil havia implorado em meio a um acesso de espirros acompanhados de febre baixa porém persistente. — Eles vão me botar no olho da rua se descobrirem que você está fazendo meu trabalho.

— Você não pode telefonar a eles, avisando? — Abby lembrou de sugerir, esperançosa.

— Eu já usei meus dois dias de falta por doença com Colby. — E começou a chorar.

Um ano atrás, Abby teria deixado sua irmã adicionar mais este emprego à longa lista dos que ela já havia perdido e teria pago suas despesas até Lil encontrar outro trabalho. Isso já havia acontecido um monte de vezes, resultando apenas em mais e mais ressentimento de Lil contra Abby a cada ano que passava. A intimidade que elas haviam partilhado até que a morte de seus pais parecia agora uma memória bem distante e surreal.

Abby havia, inclusive, pensado em pedir a Lil que saísse de sua casa, esperando que uma separação fizesse a irmã caçula virar a mulher independente que ela sempre falava que queria ser, mas isso tudo havia sido antes de segurar em seus braços sua nova sobrinha. Agora, não era apenas Lil. Colby precisava ter uma mãe com uma carreira estável e Lil estava bem perto de conseguir isso. Faltava apenas um semestre para que terminasse seu curso de assistente administrativa. Mesmo quando o pai de Colby ficou sabendo da gravidez de Lil e deu o fora, a irmã mais nova não havia desistido. Pela primeira vez, desde que haviam recebido a notícia do acidente que matara os pais delas, Lil não estava fugindo de suas responsabilidades.

Colby também havia mudado isso.

Lil não tinha culpa de ter pegado aquela gripe. Metade da cidade ou estava se recuperando ou estava sucumbindo a ela. Mais importante ainda, havia muito que Lil começara a pedir ajuda, em vez de aceitá-la a contra gosto. Abby não queria dar muita importância a uma mudança tão pequena, mas ela sentia certa esperança de que as coisas entre ela e sua irmã melhorassem.

A primeira impressão de Abby, quando viu o homem na entrada da casa, sem notar a presença dela, foi que ele parecia bem mais cansado do que alguém de sua idade deveria. Círculos escuros eram evidentes, mesmo contra sua pele cor de oliva. Seu terno caro não fazia nada para esconder o fato de que seus ombros largos estavam caídos. De acordo com Lil, ele pagava para ter a casa limpa semanalmente mas, na verdade, havia mais de uma década que não aparecia por ali. Alguma coisa o havia trazido de volta e, o que quer que fosse, tinha caído direto em cima dele.

Ele olhou para cima e através dela enquanto atravessou o átrio.

— Agora você pode ir.

Ela pensou em seguir aquela ordem cansada, mas algo a manteve imóvel.

— Você é surda? Eu mandei você sair. Acabe o que está fazendo amanhã.

Sr. Armani parecia uma criança demasiado cansada, embora ela tivesse certeza que ele não iria gostar dessa comparação.

A coisa mais sábia a ser feita teria sido obedecer e sair antes que ele tivesse a chance de questioná-la sobre seu traje, mas ela não podia.

Ele não se parecia com alguém que deveria ficar só.

Ela estava simplesmente projetando? Seus amigos, muitas vezes, diziam que ela costumava ver coisas onde não existia nada para ser visto, mas isso era por causa de seu trabalho. Uma professora do ensino médio sempre precisa ver além da bravata. Abby ensinava inglês para não falantes do idioma, então ela sempre trabalhava nas escolas mais problemáticas da cidade. Ela sabia como controlar a raiva mal direcionada. Irreverência era um grito por socorro. Palavras duras frequentemente escondiam medo. Sua paciência acabava sendo recompensada. Seus estudantes voltavam, anos após ano, para agradecê-la pela confiança. Abby sabia que, para alguns daqueles garotos, ela era a única pessoa que demonstrava confiar neles. Mas aquilo ali não era sua sala de aula, na verdade, ela não tinha ideia de quem seria aquele homem.

Ela quase podia ouvir a voz de Lil dizendo que algumas coisas simplesmente não eram da sua conta, e ela estava certa. Como costumava acontecer com sua irmã, certamente este homem também não receberia bem seus cuidados, mas isso não impediu que o coração de Abby sentisse ternura por ele.

Ela colocou os lençóis sobre uma mesa que estava ali do lado, no corredor, e falou:

— Há toalhas limpas lá em cima. Por que não toma um banho e eu vou no mercadinho da esquina comprar alguma coisa para você comer?

As costas dele se endireitaram e ela prendeu a respiração, se sentindo insegura com o impacto de sua atenção. "Nossa, como ele é lindo!" Seus olhos cinza-escuros pousaram sobre ela, faiscando de irritação e, depois, algo mais. Em algumas curtas passadas, ele se aproximou. O cheiro de álcool a atingiu quando ele parou apenas a alguns centímetros. Ela inclinou a cabeça para trás a fim de olhar para ele.

— Foi Jake que mandou você? — perguntou ele, avaliando-a.
— Você não se parece com uma modelo.

Ela piscou algumas vezes, surpresa, um pouco de sua simpatia por ele havia desaparecido.

— E você não cheira como um homem que está usando um terno Armani, mas eu nem ia comentar isso — ela respondeu num acesso de raiva.

As palavras de Abby mexeram com ele, seus ombros se endireitaram e seus olhos se estreitaram. Aquele homem não estava acostumado que as pessoas lhe respondessem, mas se ele estava tentando intimidá-la, sua proximidade estava criando uma reação totalmente diferente no corpo de Abby. Mesmo em seu terno amarrotado, ou talvez por causa dele, ele era o homem mais sexy que ela jamais havia visto pessoalmente. Homens como ele existiam apenas no cinema e nos livros. Ela sentiu vontade de passar a mão em seu rosto e acariciar sua barba áspera.

— Eu não disse que você não é atraente — rosnou ele. — Você só não é magrinha como as mulheres com as quais estou acostumado.

Então era assim. Ela colocou as mãos nos quadris e levantou as sobrancelhas em um desafio silencioso.

O tempo congelou enquanto aquele impasse continuava. O olhar de chateado dele ficou repleto de expectativa de que ela fosse fazer alguma coisa para lhe agradar. Mas ela simplesmente continuou a olhá-lo nos olhos, dando a ele tempo para pensar melhor no que dizer a seguir. Ele desviou o olhar primeiro, um leve rubor colorindo seu pescoço.

— Ok, foi mal. — Ele passou a mão, frustrado, por seu espesso cabelo negro, deixando-o um pouco despenteado e ficando ainda mais sexy... Se é que isso era possível. Ele já ganhara uma nota doze ou um treze na escala de um a dez dela, mesmo depois de Abby haver descontado alguns pontos por falta de habilidades sociais.

— Você acabou de me dizer que estou fedendo?

Não havia nada de cansado na maneira como ele se inclinou até que seus lábios quase se tocaram. O cheiro de sua pele se misturava com o do álcool numa combinação inebriante. Ele era um macho completo, indomável e interessado apenas na resposta a sua pergunta. Nenhum homem jamais olhara para ela com tanta intensidade. A energia sexual dele exigia uma resposta que o corpo dela parecia muito disposto a oferecer. Abby precisou lutar contra o desejo de acabar com a curta distância entre os dois. Ela havia perdido demais para acreditar em alguma coisa que fazia ela se sentir tão bem. Abby deu meio passo para trás e levantou uma mão apaziguadora.

— Eu não quis ser dura.

Os cantos da boca dele se contorceram, divertidos.

— Você sabe quem eu sou? — Perguntou ele, fazendo com que suas palavras, de algum modo, soassem com mais curiosidade do que pompa.

Talvez a tragédia houvesse trazido a ele um pouco de notoriedade, mas Abby não assistia muita tevê e, como sempre, Lil havia apenas dado a ela a breve informação necessária, numa conversa tensa, típica daquilo em que o relacionamento delas havia se transformado.

— Eu espero que você seja o dono dessa casa, caso contrário, eu vou ter problemas por ter deixado você entrar — disse ela, com um humor um pouco forçado.

Ele não riu.

— Você não sabe mesmo, não é? — A pergunta dele soou estranhamente esperançosa.

Abby encolheu os ombros, mas os cabelos de sua nuca se arrepiaram. Que gênero de homem se sente aliviado por não ser reconhecido?

"Um criminoso. Droga!"

Roupas chiques não significavam nada. Aquele terno podia ter ficado amassado durante a briga com seu verdadeiro dono. Ela balançou a cabeça quando pensou isso.

— Você é mesmo o dono dessa casa, não é?

Ele não respondeu e ela olhou em volta, procurando alguma coisa para atirar na cabeça daquele homem no caso de precisar correr até a porta. O objeto mais próximo era um enorme abajur de latão. Se ele fizesse um movimento rápido...

Abby sentiu que todos os seus pensamentos coerentes fugiam de sua cabeça quando ele sorriu levemente passando suas mãos pelos dois braços dela.

— Sim, eu sou o dono dessa casa.

O coração dela não precisava ficar batendo com força só por que um homem estava se preparando para contê-la caso ela o atacasse mortalmente com um abajur de latão. Ela já havia estado perto de outros homens antes, porém suas relações anteriores sempre haviam sido aproximações cautelosas. E também nenhum homem colocara em sua mente as palavras "abandono carnal" como aquele estava fazendo. Quando ele olhava para ela, nada nem ninguém mais existia.

— Antes de você me socar, quer ver minha carteira de identidade? — Perguntou ele enquanto seu polegar traçava a linha da clavícula dela ritmicamente. Hipnoticamente. — Quer? — Ele insistia em uma resposta.

— Sim — disse ela, sem fôlego, não conseguindo se concentrar em mais nada além da maneira como seu corpo estava respondendo ao toque dele. A pele de Abby queimava com suas carícias suaves. O estômago tremia em antecipação. "Sim, para tudo o que você pedir", ela pensou.

A excitação que prendia ela aquele homem e o prazer com que os olhos dele lhe correspondiam a perturbavam demais. Abby deu um passo para trás, se afastando do toque dele e tentando colocar as ideias no lugar. Esse tipo de paixão não tinha cabimento na vida que ela havia construído para si mesma.

— Não, eu queria dizer. Não, eu acredito em você. Você está certo. Preciso ir. Eu posso terminar tudo amanhã.

Ele baixou ligeiramente as pálpebras, tornando ilegíveis seus pensamentos.

— Sabe no que estou pensando? — Perguntou a ela.

Ela se sentiria perplexa se ele também estivesse imaginando os dois nus, rolando no macio tapete da sala.

— Não — Abby murmurou.

— Estou morrendo de fome e odeio comer sozinho. Eu ficaria muito grato se você aceitasse se juntar a mim para comer alguma coisa.

Não era sensato. Havia, no mínimo, uma centena, talvez até mesmo um milhar, de razões para ela precisar ir antes de fazer alguma bobagem. No entanto, se sentia tentada.

Era mais do que a largura de seus ombros atléticos, mais do que a linha forte de sua mandíbula. Ela nem sequer podia culpar a tristeza nos olhos dele, porque o homem cansado de antes havia sido substituído por um homem viril que sabia exatamente como conseguir tudo aquilo que desejava. E era a ela que ele queria.

Cada célula sensível do corpo de Abby pedia a ela para dar de costas e correr, mas não era isso mesmo que ela sempre fazia quando a vida oferecia a ela alguma coisa que considerava boa demais para ser verdade? Ela sempre escolhia segurança e certeza, em vez de sonhos e desejos menos confiáveis.

Porém, dessa vez, ela estava querendo provar aquilo que faltava em sua vida. Dessa vez, ela não iria fugir. Bom, não imediatamente, pelo menos.

Ela iria comer alguma coisa com aquele deus que estava ali, junto a ela, iria desfrutar a maneira como sua pele formigava apenas com um olhar dele, e sairia antes que alguma coisa mais acontecesse. Ele não precisava comer sozinho e, por uma hora, ela podia sonhar que tudo aquilo era real.

— Tem problema com chinês? — Perguntou Abby enquanto pensava em todos os restaurantes com sistema de entrega que conhecia.

A pergunta pareceu chocá-lo.

— Chinês o quê?

— Comida!

— Oh! — Ele relaxou visivelmente. — Eles entregam aqui?

— Sim, há um bom restaurante aqui bem perto e eles têm serviço de entrega... A não ser que você queira que eu procure outra coisa.

— Não. — Ele abanou a cabeça, se lembrando de alguma coisa divertida. — Desculpe, por um instante eu me esqueci... — Colocou as mãos nos bolsos e balançou nos calcanhares, continuando a parecer muito divertido com seus pensamentos.

— Você se esqueceu do quê? — Ela não foi capaz de se impedir de perguntar.

Com uma ternura inesperada, ele colocou um dos cachos dela para trás da orelha.

— Que você é exatamente aquilo de que estou precisando. — Antes que ela pudesse recuperar o fôlego, ele recuou e lhe entregou um monte de dinheiro, sem mesmo querer saber que comida ela iria pedir. — Peça alguma coisa para nós comermos enquanto eu tomo um banho. — Seu charme mortífero retornou quando ele sorriu, afastando-se, e então falou por cima do ombro: — Alguém disse que eu estava precisando um.

Abby usou as cédulas para abanar seu rosto vermelho à medida em que via aquele homem subir os degraus de dois em dois. Enquanto buscava sua bolsa e seu celular, Abby não conseguia se livrar da imagem mental daquele Sr. Armani, nu, debaixo do vapor e da água que caía do chuveiro.

"Um homem sexy assim só trazia confusão."

Mas, felizmente, depois de hoje, ela jamais voltaria a encontrá-lo. Eles iriam compartilhar uma refeição rápida e logo após ela voltaria para junto de Lil, para sua vida real.

Voltaria para aquela vidinha quieta e previsível que havia construído para si mesma.

Esse pensamento pareceu a ela menos atraente do que o habitual.

TRÊS

Aquele banho quente que ele havia tomado, em um banheiro tão pequeno que facilmente caberia em um dos armários de uma de suas muitas mansões, havia sido revigorante e rápido. Ele se secou com uma toalha macia, lutando para afastar uma excitação de adolescente. Seu sangue fervia sempre que ele se perguntava o que sua empregada estaria fazendo... E isso acontecia a cada dez segundos.

Ela não era o tipo de moça de capa de revista, está certo, mas ele gemeu ao se lembrar do que tinha falado para ela. Como ela era gostosa. Ele podia atribuir sua grosseria ao cansaço que sentia, mas a verdade é que estava suspeitando que isso tinha mais a ver com o modo como as curvas dela se encaixavam perfeitamente na calça jeans.

Ela era gostosamente arredondada naqueles lugares onde as mulheres devem ser arredondadas. Sua pele era clara e sem maquiagem, salpicada por sardas, e seus cachos morenos, que sempre escapavam às tentativas de serem colocados no lugar certo, acrescentavam ingenuidade a sua imagem. Nada naquela moça deveria tê-lo impressionado, mas quando ela o olhou com seus escuros olhos âmbar, ele quase parou de respirar.

Ela parecia inocente e saudável, exatamente o tipo de mulher que ele normalmente evitava. Não tão inocente, porém, se o fogo que saltou de seus olhos quando o homem se aproximou fosse uma indicação. Ela ficara ou teria aproveitado que ele fora tomar banho para ir embora? Essa incerteza era uma novidade e, de alguma maneira, tratava-se de uma experiência desagradável para ele. Impaciente, passou o pente pelos cabelos, vestiu suas calças cáqui, uma camisa de algodão branca e se obrigou a caminhar calmamente em vez de correr pelas escadas para se certificar de que ela ainda estava lá.

Ele sabia que era um homem muito atraente mas fazia tempo desde que uma mulher olhava para além de sua fama e de sua imensa fortuna para enxergá-lo como pessoa. Agora, sua diarista não só não tinha ficado nem um pouco impressionada com suas roupas caras como também havia criticado seu comportamento. Além de Jake, com sua recente fúria, ele não conseguia se lembrar de nenhuma outra pessoa com tal atrevimento.

E ele gostava disso.

A moça, lá embaixo, também não tinha a mínima ideia de quem ele era, ou estava fingindo não ter para aumentar seu interesse por ela. Em qualquer caso, estava conseguindo. Ele estava se sentido cada vez mais interessado por aquela mulher.

Dominic se obrigou a descer os degraus um a um, bem devagar. Nessa noite não haveria pressa. Não, ele queria saborear cada momento e cada centímetro daquela bonita moça.

Ela estava ajoelhada em uma almofada, ao lado de sua antiga mesa de centro feita de mármore, abrindo as caixas de comida que o entregador trouxera. Quando ele se aproximou, ela olhou para cima e por um momento pareceu estar reconsiderando sua decisão de ficar. Ela se levantou rapidamente, porém se manteve firme quando ele parou de maneira deliberada perto a ela.

"Droga, como ela é cheirosa!"

As pupilas dela se dilataram mais, escurecendo seus olhos, exatamente como ele havia previsto que aconteceria. Ele sabia que ela não ia ceder fácil. Provavelmente, era essa emoção de ter pela frente uma excitante caçada que estava fazendo-o se sentir vivo, pela primeira vez em muito tempo. No entanto, sem esforço algum, aquela moça havia conseguido aquilo que, na noite anterior, uma garrafa inteira de uísque não pudera fazer; ela havia calado as questões que se debatiam incessantemente na cabeça dele.

Ela apontou para a refeição informal na frente deles.

— Assim está bom?

A mesa tinha dois copos com água e os pratos de papel que o restaurante havia mandado. Ele falou antes de conseguir pesar suas palavras:

— Acho que é a primeira vez que vou comer no chão.

Ela se virou e começou a recolher as caixas.

— Você está certo. Um homem como você sempre come na mesa da sala de jantar. Eu mudo...

Ele segurou o braço dela, a impedindo de apanhar outra caixa de comida.

— Eu não disse que não iria gostar. Eu só disse que jamais havia comido assim. — Tocá-la era bom, muito bom. Ele lentamente soltou o braço da moça e pegou as caixas que ela estava segurando, colocando-as sobre a mesa. — Sente-se — ordenou.

As sobrancelhas dela levantaram, em surpresa.

— As pessoas sempre fazem o que você manda? — Perguntou ela, mantendo-se de pé.

— Normalmente, sim! — Respondeu ele, com um grande sorriso e sem mostrar arrependimento algum.

Fogo brilhou naqueles olhos cor de âmbar.

— Eu não tenho certeza se eu gosto de você.

Um arrepio de excitação percorreu o corpo dele.

— Eu não tenho certeza de que você precise gostar.

Seus olhos se encontraram e não havia como esconder a atração escaldante entre eles. Ele desviou o olhar primeiro, voltando a se sentar em sua almofada e ocupando as mãos com o ato de abrir cuidadosamente um par de pauzinhos. Ele se ajoelhou em sua própria almofada sem tirar os olhos de cima dela. Ela pegou uma das caixas de comida, para se servir de um pouco, e ele se sentiu estranhamente excitado. Não sabia quase nada sobre aquela moça, mas seus gostos o interessavam. "Quase nada?", ele pensou. Droga! Ele não sabia sequer o nome dela. Mas ele não queria perguntar porque isso o obrigaria também a dizer o seu. Só por essa noite, ele não queria que o mundo lá fora se intrometesse entre eles dois.

— Obrigado — disse ele simplesmente.

A mão dela tremia e quase deixou cair o frango agridoce que estava colocando em seu prato. No último segundo, ela endireitou a caixa e a colocou novamente sobre a mesa, com a mão trêmula.

— Por que você está me agradecendo?

Ele esperou ela voltar a olhá-lo para responder:

— Porque você não foi embora. Ficou aqui.

Ela inclinou a cabeça para o lado e falou baixinho:

— Você parecia precisar de alguém para conversar.

— Conversar? — Zombou ele.

Isso não era o que as mulheres normalmente ofereciam a ele e, com certeza, não era o que ele estava buscando nessa noite. Ele deu a ela seu mais sugestivo sorriso.

— É disso mesmo que você acha que eu estou precisando?

Inesperadamente, ela respondeu de maneira mordaz em vez de oferecer uma resposta melosa.

— Espere! Não fale nada. Você também não tem o costume de conversar, certo?

Ele não pôde deixar de rir. Ela era dona de um senso de humor que o fazia rir. Há quanto tempo ele não encontrava uma mulher que não fosse emocionalmente entediante e pegajosa?

— Você não é como as mulheres com que estou acostumado — falou espontaneamente. Ela ia dizer alguma coisa mas ele a cortou. — E isso é bom.

Ela gemeu e desviou o olhar.

— Não, de novo, não.

Ele se inclinou sobre a mesa e segurou o queixo dela de maneira suave, apenas com um dos dedos, erguendo-o até que ela o olhasse de novo nos olhos.

— Obviamente, meu charme está enferrujado. — Ele passou o dedo, suavemente, nos lábios dela, vendo eles se abrirem instintivamente, e precisou refrear o desejo de levantá-la por cima da pequena mesa que estava entre os dois. — Estou tentando dizer que acho você muito atraente.

Ela engoliu nervosamente, afastando seu queixo do alcance dele. E pegou mais uma vez nos pauzinhos, distraída.

— Se você quer mais do que companhia durante a refeição, então escolheu a mulher errada — disse, enchendo rapidamente a boca com arroz enquanto ele digeria o que ela acabara de falar.

Ele se sentou sobre os calcanhares.

— Tão cerimoniosa e formal. Você sempre começa seus encontros com uma declaração assim?

Ela continuou comendo, dando pequeninas mordidas na comida, e falou:

— Isto não é um encontro.

— Mas poderia ser.

Ela se engasgou com a comida e pegou o copo d'água. Depois de beber um pouco, levantou-se e anunciou:

— Isto foi um erro.

Ele se levantou rapidamente, bloqueando sua saída. Sentiu que a respiração dela ficava mais rápida.

— Diga que eu não estou louco, diga que você também está com vontade. — Ele a puxou suavemente contra seu corpo, até seus corpos ficarem grudados um no outro.

— Não acho uma boa ideia.

Ele roçou seus lábios nos dela, muito levemente, conseguindo calar seus protestos. Por um momento, ela não correspondeu, se manteve fria em seus braços. Então, deu um estremecimento e seus lábios começaram a se mover contra os dele. Ele foi aprofundando o beijo e o corpo dela foi relaxando contra o daquele homem. Ela suspirou e seus braços, que antes estavam rígidos, se enroscaram calorosamente em torno do pescoço dele.

Ele se moveu um pouco para trás e ela precisou ficar na ponta dos pés e deixou seu corpo descansar completamente sobre o dele. Com um gemido, ela se colou mais ainda a ele, excitando-o mais e mais. Nada mais interessava a ele, só aquela mulher, aquela noite.

— Fique comigo esta noite — murmurou contra o pescoço dela. — Se eu soubesse que minha diarista era tão sexy eu já teria vindo a Boston há mais tempo.

Ela se afastou de forma tão abrupta que ele deixou cair os braços.

— Droga! — Exclamou ela, e continuou a se afastar dele.

Ele estendeu de novo a mão para ela que, desta vez, se esquivou. Qualquer conexão que haviam estabelecido havia sido claramente quebrada por sua menção ao trabalho dela naquela casa. Ele lamentou de imediato a estupidez que acabara de cometer.

— Eu preciso ir. — Ela começou a caminhar, descrevendo um grande círculo em torno dele, tentando chegar à porta.

— Fique. Eu sei que isso é uma loucura. Eu sempre fiz questão de me afastar de...

— De encontros amorosos com a diarista? — Ela sugeriu, sua voz cheia de censura pelo julgamento dele.

— Sim, mas só porque eu nunca quis deixar ninguém em uma posição desconfortável... — Ele reconheceu a ironia de suas palavras enquanto tentava se colocar entre ela e a porta. Mas agora era diferente. Ela era diferente.

— Como você é simpático — disse ela.

— Eu não quero saber se você é a diarista. Isso não interessa.

— Pois eu acho que interessa.

Ele bloqueou a porta. Ela não podia ir embora. Não assim.

— Fique.

— Não posso. Eu preciso mesmo ir.

— Mas não é isso que você quer.

— O que eu quero é que você pare de bloquear essa porta e me deixe sair — respondeu ela.

Ele deixou cair as mãos e saiu do caminho. Ela não podia estar falando sério.

— Por que negar? Você está querendo isso tanto quanto eu.

Ela passou por ele se dirigindo para o átrio sem nem mesmo olhar para trás. A voz dela soando mais nervosa do que raivosa.

— Eu avisei que ficava para lhe fazer companhia enquanto você comia, nada mais.

Sua atração por aquele homem não era imaginação dele. Ela havia gostado daquele beijo tanto quanto ele. Primeiro quente, depois frio. Tudo fora um jogo? Se era isso, ele não tinha a menor intenção de o perder. Ele só conhecia uma maneira de saber das verdadeiras intenções daquela moça.

— Você fica se eu lhe pagar dez mil dólares? — Perguntou.

Ele sentiu uma pontada de decepção quando ela parou antes de abrir a porta e voltou-se para encará-lo.

— Você acha que eu estou à venda?

Ele esperava que não.

— Dou cem mil. Você fica? — Ele forçou as palavras.

— Você está achando que pode falar assim comigo só porque eu sou a diarista? — Ela colocara as mãos nos quadris, seus olhos faiscavam de raiva, e tudo isso só a fazia ficar ainda mais bonita.

O teste final.

— Você é uma negociadora astuta. Um milhão. Eu jamais conheci uma mulher que valesse esse dinheiro, mas desconfio de que não vá me arrepender desta noite.

Ela abriu a porta com uma das mãos e falou:

— Você é um porco, um porco egoísta. Se você tem esse milhão de dólares, sugiro a você enrolá-lo e enfiar no seu... — A última palavra se perdeu debaixo do som da porta batendo atrás dela.

Ele sabia exatamente onde ela havia sugerido que ele colocasse o dinheiro.

Seu riso abafado explodiu em uma sonora gargalhada. Ele riu tanto que as lágrimas começaram a cair de seus olhos. Liberar a tensão o fazia se sentir bem. Nossa, como aquela mulher era incrível! Ele recordou tudo o que havia se passado naquela noite e riu ainda mais. Depois, se sentou novamente em sua almofada, junto da mesinha de centro, e encheu seu prato com arroz frito.

Ela voltaria.

Ele iria fazer com que ela voltasse.

QUATRO

O som das gargalhadas daquele idiota fizeram Abby ter vontade de voltar a abrir a porta e jogar um sapato no rosto dele. Mas não foi isso que ela fez. Em vez disso, ela respirou profundamente enquanto descia as escadas de pedra. Uma grande parte de seu trabalho como professora era ensinar as virtudes de respostas não violentas a conflitos. O Sr. Armani estava exigindo que ela usasse muito dessa filosofia.

Ele lhe havia oferecido dinheiro, como se ela fosse uma prostituta. Que tipo de homem faz isso? O tipo de homem, ela lembrou a si mesma, que dorme no carro ao sair dos bares.

Abby olhou por cima do ombro para ter certeza de que ele não a estava seguindo e falou para ela própria que não se sentia surpresa por ver que ele não havia saído de casa. Aquele homem era um idiota arrogante. "Um grande, lindo, sexy e arrogante idiota."

Um chamativo carro negro estava displicentemente estacionado bem perto da traseira de seu sedã Saturn azul. Havia bastante espaço atrás. No entanto, o dono daquele carro prendera o seu por indiferença e não por necessidade. Ela puxou seu carro para a frente, depois para trás. Mas não tinha espaço suficiente para sair de seu lugar de estacionamento junto da calçada.

Que tipo de... Oh, não! Não podia ser! A placa era de Nova Iorque. Ela apostaria seu último dólar em como o Sr. Armani tinha vindo até Boston dirigindo seu carro troféu. Ela engatou a marcha à ré e agiu num impulso; recuou lentamente até seu carro chocar com o outro. Os para-choques dos dois carros protestaram e os pneus do carro dela viraram e, finalmente, seu carro pôde se mover alguns centímetros. O carro de Abby se liberou e entrou na faixa e ela olhou rapidamente para trás, através do espelho. O para-choque do carro dele estava um pouco arranhado e amassado, mas ele merecia isso mesmo e Abby estava se lixando para ele saber que havia sido ela a fazer aquilo. Na verdade, ela até tinha vontade de deixar sua assinatura naquela obra-prima, se fosse possível.

"Quem está rindo agora?", pensou ela, no caminho para casa.

Mas esse triunfo durou pouco. O que ela iria dizer para Lil? Se seu objetivo era fazer a irmã perder o emprego, ela, então, havia conseguido. Mesmo se ele não mencionasse sua aparência geral ou seu comportamento inadequado, havia sempre a chance de ele denunciá-la por haver danificado seu luxuoso carro.

Ela se sentia mal por conta disso. Na verdade, tinha a intenção de explicar a Lil o quanto lamentava profundamente o acontecido, mas só quando fosse obrigada a fazer isso. Por agora, Abby estava se sentido super bem. Não podia evitar sorrir enquanto imaginava a cara dele ao descobrir o que ela havia feito. Ficaria furioso!

A ideia de fazer ele ficar furioso não durou tanto. Um homem assim não ficava furioso por muito tempo. Primeiro, ele iria gritar, e então a puxaria contra ele e a paixão de ambos falaria mais alto. Eles teriam tempo de chegar no quarto ou resolveriam a coisa ali mesmo, na escada?

Abby ligou o ar-condicionado de seu carro para refrescar o rosto. Precisava parar de pensar nele daquela maneira. Aquele homem até que era muito bonito, mas se portava como um bicho. "Nossa! Ele quis me pagar para que eu ficasse com ele por uma noite!"

Então, por que ela continuava querendo que aquele serão houvesse terminado de maneira diferente?

Não era seu costume achar homens perigosos atraentes. Ela namorava homens sólidos, confiáveis, seguros. Eles faziam parte de seu plano; um plano que ela traçara para si e para Lil quando, aos dezoito anos, ela havia se tornado legalmente responsável por sua irmã caçula. O que faltava de paixão em sua vida sobrava em objetivos conquistados. Suas decisões cuidadosas haviam tornado possível a ela fazer faculdade e, ao mesmo tempo, tomar conta de sua irmãzinha. Aquela casa onde as duas moravam agora era um belo exemplo de como ela havia escolhido o caminho certo.

O que o Sr. Armani estava fazendo ela sentir não fazia parte de suas prioridades. Havia sido bom, mas era o tipo de coisa boa que sempre terminava mal. No entanto, saber isso não mudava o fato de, nesse momento — e ao contrário do que vinha acontecendo por anos ela estar se sentindo jovem, animada e viva.

Parando o carro junto à calçada onde se alinhavam, em frente a sua casa, de maneira perfeita, bonitos arbustos, Abby sucumbiu de novo à recordação daquele breve beijo e, saindo para a rua, sentiu um arrepio, apesar da noite quente de junho. Viu seu próprio sorriso refletido no vidro do carro. "Vamos, Abby", disse ela consigo mesma. "Você precisa evitá-lo. Dormir com ele não teria trazido nada de bom para você. Nada, exceto sexo."

Abby suspirou de uma excitação que se refletia em seu rosto. Como ela iria convencer Lil do quanto realmente lamentava ter feito ela perder seu emprego se não era capaz de tirar do rosto aquele estúpido sorriso?

Dominic colocou os pés sobre a escrivaninha do pequeno escritório de sua casa. O couro desgastado da cadeira giratória lembrou a ele os dias de há muitos anos atrás, quando precisava se contentar com aqueles móveis. Cada dia havia sido um desafio, uma razão que o fazia saltar da cama a cada manhã.

Ele se serviu de um copo de uísque, mas o pousou sem sequer provar. Normalmente, Dominic não bebia, mas havia buscado consolo temporário na dormência que o álcool dava a ele. Mas mesmo com álcool, sua fúria e sua autorrecriminação jamais o abandonavam. Até esta noite.

Porém, hoje à noite ele não queria pensar em seu pai, que o havia deserdado quando ele partiu para procurar sua mãe, ou na amargura que havia esmagado Dominic quando finalmente parou de procurá-la. Ele não queria pensar em sua carreira de enorme sucesso ou em como sua intensa vida de negócios o havia deixado sem amigos.

Não, esta noite ele não estava querendo pensar no passado. Pela primeira vez, ele estava focado em alguma coisa que nada tinha a ver com dinheiro ou vingança. Nesta noite, ele estava pensando em obter uma coisa — ou melhor, alguém — que ele queria muito. Ele havia feito tudo errado e consertar a situação demandava negociações cuidadosas e cabeça fria.

Ele pegou seu celular e falou:

— Jake.

Jake atendeu no segundo toque:

— Dom, do que você precisa?

— Preciso de um favor. Um favor pessoal.

Conhecendo Jake, Dominic o imaginou se sentando muito direito em sua cadeira, quando ele anunciou:

— Não vou matar ninguém para você.

Apesar de seu tom casual, Dominic notou a sutileza do comentário.

— Você acha mesmo que eu usaria meu próprio celular para pedir uma coisa dessas para você? — Provocou ele, mas Jake não partilhava de seu bom humor. — Estou brincando, Jake.

·

— Eu não gosto de brincadeiras sobre coisas que poderão me obrigar a viver escondido em algum país do terceiro mundo para escapar da extradição.

A seriedade do tom de Jake o ferrou. Quando eles costumavam sentar naquele mesmo escritório, estudando para exames e delineando seu futuro negócio, nenhum deles poderia ter previsto exatamente o quanto eles iriam superar seus objetivos mais otimistas ou quão cruel Dominic precisaria se tornar para concretizá-los. Mas assassinato? Quão depravado Jake achava que ele havia se tornado? De fato, houvera baixas financeiras ao longo do caminho, mas isso fazia parte do negócio. A moralidade, do mesmo modo que o direito internacional, era sempre subjetiva. Seu sucesso sempre havia gerado rumores de possíveis más práticas, porém, até agora, ele acreditava que Jake sabia a verdade.

— Tudo o que preciso, Jake, é que você entre em contato com nossa empresa de investigação local.

Isso chamou a atenção de Jake.

— O que aconteceu?

— Nada! Não aconteceu nada. Eu preciso que investiguem uma pessoa o mais rápido possível. Esta noite.

— Sem problema. Aí em Boston nós terceirizamos os serviços com a Luros Systems. Vou pedir a Duhamel para fazer o contato. Quem você quer que eles investiguem?

Dominic hesitou e ele não era um homem que costumava fazer isso.

— Não sei o nome dela, mas ela esteve limpando meu apartamento hoje.

— Você quer que eles investiguem a vida de sua diarista? — Perguntou Jake, incrédulo. — Ela roubou alguma coisa de você?

— Não. É uma história complicada, mas eu quero um relatório completo: onde ela mora, quem é o namorado, se está namorando firme.

— Ohhhhhhhhhhhhh! — Exclamou Jake. — Você quer esse tipo de investigação? Isso vai demandar bastante trabalho. Aí em Boston já são seis da tarde.

— Eu quero essa informação hoje à noite.

Jake suspirou.

— Estou certo de que a Luros vai conseguir descobrir alguma coisa.

— Eu pago o que for necessário, mas quero essa informação até às oito horas — Dominic falou.

— E você vai tê-la. Não existe nada impossível quando estamos dispostos a pagar.

— Existe, sim — murmurou Dominic, desligando o celular.

Às sete e quarenta e cinco Dominic descobria, fascinado, que Abigail Dartley tinha um segredo. A prova, que havia chegado minutos antes, estava sobre a mesa de Dominic, escrita e fotografada. A Luros Systems merecia o elevado preço cobrado. Eles haviam usado a descrição que ele fizera dela para descobrirem que Abby não era, de fato, sua diarista, Lillian Dartley, mas poderia ser sua irmã.

Pouco depois de haver conversado com um dos detetives particulares da empresa, Dominic recebera em seu celular a foto da carteira de motorista de Abby, para que ele confirmasse se a moça era ela.

O restante das informações havia chegado menos de uma hora depois, trazido por moto-boy. Havia informações financeiras, entrevistas com vizinhos e amigos e uma fascinante descrição do último namorado de Abby, um gerente de banco, de boa aparência, educado, confiável. Sua primeira avaliação sobre Abby estava correta. Ela gostava de jogar pelo seguro.

Dominic segurou as fotografias das duas irmãs, uma do lado da outra, e ficou ainda mais impressionado com o trabalho da Luros Systems. As duas moças eram fisicamente muito parecidas. As duas tinham cabelos castanho-escuros, longos e cacheados, e olhos castanho-claros, e Dominic imaginou que muitos homens também achariam que a irmã de Abby era bem atraente. No entanto, Lillian era magra onde Abby era exuberante, e ossuda onde Abby era suave. A principal diferença, porém, entre as duas era sua linguagem corporal. Abby era alta e se mantinha bem direita, como uma mulher que sempre respeita o limite de velocidade. O corpo de sua irmã, por sua vez, se mantinha rígido e desafiador, e isso marcava bastante a diferença física entre as duas.

Ele leu a história da vida de Abby com profundo interesse. Nada parecia ser feito ao acaso. A moça a que todo mundo chamava de Abby havia assumido a responsabilidade de criar sua irmã caçula depois que os pais delas morreram. Ela era uma pessoa bastante respeitada em seu bairro, tinha um monte de amigos e era uma vizinha atenciosa. Nas três páginas de entrevistas gravadas, não havia uma palavra indelicada sobre ela.

Nada em seu perfil indicava que ela fosse algo mais que uma professora de ensino médio que havia substituído sua irmã, em seu trabalho de diarista, por um dia; uma professora que havia iniciado suas férias de verão alguns dias antes.

"Perfeito!"

Uma doce professora que, inocentemente, havia contado para a vizinha o quanto sua irmã ficaria em apuros se a troca desse dia fosse descoberta.

"Melhor ainda! Isso está parecendo até fácil demais!"

Com a leitura do testamento de seu pai na tarde do dia seguinte, ele ficaria livre em torno das...

De repente, teve uma ideia. Por que não levá-la? Abby seria a distração perfeita. Com ela a seu lado, ele tinha certeza de que estaria se lixando para as últimas vontades escritas de seu pai e para o quanto sua irmã havia ficado instável.

Só de pensar sobre ela agora seu sangue já corria mais rápido em suas veias. Também não faria mal mostrar a ela que era tão rico que, ser deixado de fora do testamento de seu pai, era apenas um pequeno aborrecimento. Sim, ele levaria Abby — isso tornaria tolerável a insuportável situação e depois ele iria levá-la para um estupidamente caro hotel da cidade e mostraria para a Senhorita Professora de Ensino Médio um pouco do quanto ela andava perdendo.

Ele discou o número residencial dela, que vinha junto com o relatório, e esperou, segurando a respiração, enquanto ouvia tocar.

— Alô? — Respondeu ela depois do quarto toque.

— Quem está falando é Dominic Corisi. Eu gostaria de falar com Abby Dartley — falou ele.

Houve um silêncio seguido de palavras abafadas dirigidas a outra pessoa enquanto ela tapava o telefone com a mão. Uma voz feminina respondeu a ela. Só podia ter sido a irmã. Elas pareciam não estar de acordo sobre o que fazer, então ela deixou de tapar o telefone com a mão quando a conversa subiu de tom.

Ele as interrompeu:

— Apesar de isto estar sendo divertido, não precisa mais se fazer passar por sua irmã, Abby. Eu já sei tudo sobre sua pequena enrolação.

— Droga! — falou. — Você ouviu isso?

De repente, ele começou a rir de novo. Colocou os pés no chão e pousou um cotovelo sobre a escrivaninha.

— Digamos que você fez a opção certa quando decidiu ser professora em vez de espiã.

— Como você me achou? — Perguntou ela. — E como você sabe que eu sou professora?

— Isso não interessa. Eu telefonei porque...

Ela o interrompeu:

— Oh, meu Deus! Você pagou para que perguntassem sobre mim! Ainda há pouco minha vizinha veio me dizer que alguém andou fazendo perguntas para ela, esta noite, e que essas perguntas sobre mim haviam sido bem estranhas.

A Luros Systems precisava ser mais discreta. Ele precisava falar isso para eles, mas, talvez nesse caso, não tivesse sido possível. Eles tinham tido muito pouco tempo para reunir toda a informação que ele havia pedido.

— Você saiu sem sequer me dizer seu nome. Como pode me acusar de estar querendo saber o nome da pessoa que jantou comigo? — Perguntou.

— Então, você saiu interrogando meus vizinhos? Isso é bem diferente de buscar na lista telefônica — respondeu ela.

— Nós dois sabemos que temos uns assuntos ainda pendentes — ele falou, deslizando um dedo na borda de seu copo.

— Você está fazendo tudo parecer mais do que foi. Não aconteceu nada — argumentou ela.

— Porque você fugiu.

— Eu não fugi!

— Ah, fugiu, sim! Você acha mesmo que eu iria me importar por você ser professora e não a minha diarista?

— Você acha mesmo que eu iria fazer sexo com você por dinheiro? — Perguntou Abby, feroz.

— Eu não tinha certeza — respondeu ele, com honestidade, e entendeu que havia errado quando ouviu ela respirar mais profundamente. — Depois que eu li a história de toda sua vida, entendo o quanto eu posso ter ofendido você.

— O quanto você pode ter me ofendido? Leu a história de minha vida? Não existe nada nesta conversa que possa ajudar a mudar minha primeira impressão sobre você, seu idiota arrogante.

— E ainda assim você me beijou. — Só de dizer aquelas palavras, já sentiu seu sangue correr mais rápido, antecipando o prazer que ele tinha certeza de que sentiria de novo, muito em breve.

— Você me beijou. — Ela o corrigiu.

— Eu não me lembro de você ter lutado para se libertar. Na verdade, eu me lembro bem do gemido que você deu quando nosso beijo terminou. E isso me faz imaginar que outros barulhinhos você vai fazer para mim.

Ele desejava poder ver a expressão no rosto dela. Estava tendo dificuldade em respirar e isso bastava para que ele soubesse que havia atingido seu alvo. Ela estava brava com ele. Impenitente, a raiva dela só fez o fez desejá-la mais. Ele mal conseguia se concentrar na conversa, imaginando como seria redirecionar toda aquela emoção se estivesse ao lado dela.

Antes que ela tivesse tempo para se questionar sobre o por quê de sua respiração estar assim pesada, ele falou:

— Uma limusine vai buscar você amanhã, às onze horas. Vista alguma coisa bonita.

A raiva dela explodiu.

— Você está louco? Eu não vou a lugar nenhum com você.

— Você sabe que quer me ver de novo — desafiou ele.

Em uma tentativa desesperada e sem sucesso para fugir dele, Abby perguntou:

— E se eu estiver namorando?

— Você terminou com seu último namorado um mês atrás — respondeu ele, com um tom satisfeito.

Outro suspiro indignado. Ela parecia gloriosamente afobada.

— Você acha que tem todas as respostas, não é?

Aquilo até que podia ser divertido, mas ele estava começando a perder a paciência com a resistência dela:

— A limusine vai buscá-la às onze...

— Você pode até mandar uma frota inteirinha de limusines. Eu não vou a lugar algum com você amanhã. Fale para seu detetive não esquecer a câmera, assim você vai poder ver uma bela foto de minha porta fechada.

"Chega!", ele pensou e então falou alto:

— Você vai entrar na limusine que eu mandar.

— Isso nós vamos ver!

De repente, uma dúvida explodiu na cabeça dele. A possibilidade de ela recusar não lhe havia ocorrido, agora não havia outra opção:

— Você virá, sim... Ou o emprego de sua irmã não tem mais importância para você?

— Você não pode estar mesmo insinuando que vai me chantagear para fazer com que eu vá a algum lugar com você, está? É dessa maneira que os multimilionários conseguem encontros amorosos? Não é um pouco demais?

Ao contrário de todas as outras pessoas que ele conhecia, ela não estava nem um pouco intimidada por ele ou por suas ameaças, e isso só fazia aumentar a atração que Dominic sentia por aquela moça.

Ela fez uma pausa e pareceu estar pensando em alguma coisa:

— Ou isso é por causa de seu carro?

"Que diabo?"... Ele olhou para seu carro através da janela.

— O que há com meu carro?

— Oh, nada! Esqueça o que falei. — Pela primeira vez, a voz dela demonstrava algum nervosismo.

Mais um erro da Luros Systems. Eles não haviam reportado um aparente ato de vandalismo. Até mesmo com a luz fraca da rua ele conseguia ver os danos em seu para-choque. Dominic balançou a cabeça, não querendo acreditar.

Aquela conversa não estava acontecendo como ele a havia planejado em sua cabeça. Ele gostaria de ter pedido educadamente para que ela o acompanhasse, e ele havia esperado que ela aceitasse seu pedido prontamente.

Ela era deliciosa, inesperadamente difícil de prever ou controlar. Sua resistência tornaria a vitória dele bem mais doce e agora a culpa dela era apenas a vantagem que ele estava buscando.

— Você sabe quanto custa aquele carro? — Perguntou Dominic, tirando vantagem do desconforto dela.

— Não sei do que você está falando — retrucou ela.

Aquela Abby não era boa em mentiras. Confiando que haviam chegado a uma solução, ele ordenou:

— Esteja pronta às onze horas.

— Vá para o inferno! — Disse ela, desligando o telefone na cara dele.

Aquilo era um bom resumo do que aconteceria no dia seguinte, mas ele não tinha a mínima intenção de ir sozinho. Se ela pensou que havia vencido, estava subestimando a capacidade que ele tinha para conseguir o que queria.

Um telefonema bastaria para colocá-la dentro da limusine. Ele dirigiu sua voz para o celular:

— Duhamel — ouviu dois toques e logo depois sua assistente pessoal atendeu. Sem sequer esperar que ela falasse alguma coisa, ele disse: — Eu preciso que você faça algo para mim. Considere isso como um favor pessoal.

CINCO

Abby pousou o telefone e olhou Lil que, com o bebê encaixado na lateral do quadril, balançava a cabeça, divertida.

— Eu não estou acreditando! Abby Dartley está se comportando de maneira imprudente! — Lil falou.

"Eu mereço isso", pensou Abby. Ao longo dos anos, diversas vezes, ela sempre havia ensinado Lil sobre o tipo certo e o tipo errado de homem. Antes desta noite, havia sido fácil contrariar os protestos de Lil que sempre falava que a gente simplesmente não escolhe o homem por quem está se sentindo atraída.

Mas isso havia sido antes de Dominic.

"Do grosso, mandão, chantagista Dominic". Apenas pensar nele fazia Abby sentir um arrepio de antecipação sexual ao longo de sua espinha. Ela nem estava sabendo que tipo de passeio ele estava planejando para o dia seguinte, simplesmente não iria. Mas isso não queria dizer que Abby não pudesse conceder a si mesma uns momentos de fantasia.

Lil colocou Colby no outro lado do quadril.

— Era mesmo Dominic Corisi no telefone?

Abby passou por sua irmã e começou a colocar um pouco de ordem na sala. Finalmente, a febre de Lil havia desaparecido. Talvez agora a sala deixasse de parecer uma enfermaria.

— Sim, ele mesmo. Eu falei que ele apareceu lá em casa.

Lil seguiu a irmã até a cozinha.

— Falou, sim. Mas eu estou achando que você se esqueceu de contar um monte de coisas.

Abby sentiu seu rosto escaldar.

Lil continuou falando:

— Bem, se ele está querendo mandar uma limusine para lhe buscar, é óbvio que você causou uma ótima impressão nele. Não vai me dizer que você não quer ir... Está me parecendo bastante interessada.

Abby pegou alguns copos que estavam na pia e os colocou na lava-louças. Esperava que seu silêncio desencorajasse Lil, mas sua irmã estava esperando, pacientemente, sem sequer se incomodar em esconder o quando tudo aquilo a estava divertindo.

— Vamos, ria! Ria de mim! Eu mereço. Aquele homem é um completo idiota, mas...

— Mas você está gostando dele. — Lil a interrompeu.

— Estupidez, né?

O sorriso de Lil virou simpático.

— Não, mas surpreendentemente humano para você.

— O que você está querendo dizer com isso?

— Estou querendo dizer que, desde que papai e mamãe morreram, você sempre foi perfeita. — Lil se aproximou mais de sua irmã, embalando Colby contra seu pescoço. — Não me interprete mal, eu sou muito grata pela forma como você sempre cuidou de mim, mas tem sido difícil viver segundo suas expectativas. É bem animador ver você assim.

— Eu não vou a lugar algum com ele. — Abby se virou, cruzando os braços sobre o peito e descansando o corpo contra o balcão.

— Tem homem rico batendo em sua porta todos os dias?

— Eu não me importo com o dinheiro dele.

Lil balançou a cabeça.

— Ok, mas olhe nos meus olhos e diga para mim que você não está com vontade de ir.

Abby pulou para sentar-se em cima do balcão, algo que ela não havia feito desde sua infância, inclinou a cabeça para trás contra o armário de madeira e fechou os olhos. Ela sabia que o sorriso estúpido estava de volta em seu rosto.

— Você precisava ter visto. Ele chegou parecendo bem rude, mas isso era apenas por fora. Seus olhos estavam cheios de tristeza. Eu só quis confortá-lo. Então, ele olhou para mim e... Eu me senti ardendo por dentro. Eu nunca havia me sentido assim antes. Eu não o conhecia, mas isso não tinha a menor importância. — Ela mordeu o lábio e abriu os olhos. — Isso não faz o menor sentido.

— Quem foi que falou que essas coisas do amor fazem sentido? Quer dizer, além de você? Não interessa o quão bem você planeje as coisas, você simplesmente não pode decidir por quem vai se sentir atraída. Por que você não dá uma chance para ele? — Lil balançou um dedo em frente a sua irmã, não a deixando falar. — Não venha me dizer que é por causa de meu emprego.

Abby ficou com um ar envergonhado.

— Me desculpe, Lil. Eu vou ajudar você a encontrar outro trabalho.

Lil não parecia tão preocupada com essa perspectiva como antes.

— Não mude de assunto. O que você tem contra o moço?

— Além do fato de ele ter mandado investigar minha vida?

Lil deu de ombros.

— Pessoas ricas sempre são um pouco esquisitas. Eu já li em uma dessas revistas de economia que ele é um dos cinquenta homens mais poderosos do mundo. Dê um desconto para ele. Provavelmente, ele só estava sendo prudente. — Lil sorriu, pensando em como seus papéis, de repente, estavam trocados.

Um dos homens mais poderosos do mundo? Abby engoliu, nervosa.

— Eu estou assustada, ok?

Se você não pode ser honesta com você mesma, pelo menos, seja honesta com sua irmã.

— Não! É mesmo? — Lil rolou os olhos.

— Cale a boca. — Abby brincou, maravilhada porque a tensão que sempre fazia parte de suas conversas com a irmã não existia mais. Abby se lembrou de um tempo, havia muitos anos, quando elas duas conversavam assim, sobre meninos.

— Então é isso? Amanhã pela manhã, um dos homens mais ricos do planeta vai mandar uma limusine para você e você não vai entrar nela? — Lil a desafiou.

Abby pulou para o chão e continuou enchendo a lava-louças.

— Exatamente! E vou...

— Me esconder! — Lil terminou a frase pela irmã. Ela levantou Colby nos braços e falou para a menina: — Colby, titia Abby cuidou de mim por tanto tempo que agora ela está com medo de fazer alguma coisa por ela mesma. Nós vamos ter que parar de depender tanto dela ou ela nunca vai transar.

Abby suspirou.

— Você não pode falar isso para Colby!

Lil riu.

— Ela só tem cinco meses. Não entende nada do que estou falando, mas você entende. — Lil foi se encostar no balcão, ao lado da irmã. — Juro, Abby, eu não estou nem um pouco preocupada com meu emprego. Eu vou achar outro igual, fácil, fácil, e em breve eu vou ter meu diploma. Você já fez mais do que deveria, agora chegou sua vez de viver um pouco sua vida. Esse cara parece seu caminho certo para alavancar a próxima fase de sua vida.

Passando as mãos trêmulas debaixo d'água, Abby perguntou:

— Que fase é essa?

Lil colocou um braço sobre os ombros de Abby.

— Aquela em que você vai parar de ser meu pai e minha mãe e vai voltar a ser, de novo, minha irmã.

Os olhos de Abby se encheram de lágrimas.

— Eu fui assim tão horrível para você?

Lil a abraçou.

— Não, mas é bom ter minha irmã de volta.

Vinte minutos depois, Abby estava lendo um boletim da escola quando Lil entrou na sala trazendo o telefone sem fio. Perdida em seus pensamentos, Abby não tinha ouvido ele tocar.

— Para você, Abby. — Lil anunciou, com um sorriso malicioso, e passou o telefone a ela. — É a assistente pessoal do Sr. Corisi. Hmmmmmm, o que será que ela está querendo?

— Diga a ela que estou ocupada — Abby falou, mesmo sentindo a excitação invadi-la de novo. Ele não havia desistido.

Lil jamais fazia o que mandavam a ela e, por isso, passou o telefone a sua irmã.

— Fala você.

Abby olhou para sua irmã, chateada.

— Você está achando tudo isso muito divertido, né?

— A vingança sempre é gostosa. — Lil riu e sentou-se no sofá, ao lado da irmã. Ia ficar assistindo de camarote. Inevitável!

— Colby não está precisando de um banho ou alguma outra coisa?

— Ela tomou banho quando chegou em casa. Está dormindo. — Lil respondeu, descarada, fingindo não ter entendido o que a irmã queria dizer para ela.

Fazer o quê?

— Alô? — Abby falou, usando um tom menos caloroso do que era seu costume.

— Alô. Obrigada por me atender, senhorita Dartley. Eu sou Marie Duhamel, assistente pessoal do Sr. Corisi.

— Sim, eu sei. — Abby suspirou. — Eu não quero ser rude, mas se eu disse não para ele, por que ele pensa que eu vou mudar de ideia falando com a secretária dele?

— Assistente pessoal. — A mulher a corrigiu gentilmente, mas continuou falando em um tom simpático, parecendo a vizinha do lado: — Eu lhe peço desculpas por estar interrompendo sua noite, mas depois de tudo o que aconteceu com Dominic nessa última semana, eu precisava ajudá-lo.

— Tudo o que aconteceu? — Esse detalhe prendeu a atenção de Abby. Ela se inclinou para a frente, não se importando com o fato de Lil estar com sua orelha praticamente encostada no outro lado do telefone. Resignada, Abby o afastou um pouco do rosto, para que Lil ouvisse melhor.

— Ele não contou a você? Eu já devia saber disso. Ele não é muito bom em pedir ajuda.

— Eu não estou entendendo nada. O que você está querendo me dizer? — Perguntou Abby, seu interesse crescendo mais e mais.

Houve uma pausa curta.

— Senhorita Dartley, o pai de Dominic morreu há alguns dias atrás. Ele veio a Boston para ouvir a leitura do testamento.

— Oh, meu Deus! — Abby e Lil exclamaram ao mesmo tempo. Abby fez sua irmã se calar com um aceno de mão. — Então, amanhã ele quer que eu...?

Era embaraçoso demais para perguntar. Ela imaginara que ele estava mandando uma limusine para levá-la para fazer amor em algum luxuoso hotel da cidade. No entanto, tudo aquilo estava parecendo confirmar seu instinto inicial.

— Dominic gostaria que a senhorita acompanhasse ele à leitura do testamento do pai — disse a Sra. Duhamel, só fazendo aumentar o sentimento de naufrágio que Abby estava sentindo. Ela havia interpretado aquela noite de maneira completamente errada? Havia permitido que sua atração por ele a tornasse cega para a realidade. Dominic era simplesmente um homem que não estava suportando ficar sozinho por conta de uma perda recente.

Aquilo doeu.

"Tudo isso por que ele é irresistível!", pensou ela.

As vibrações de Abby haviam atraído ele. As pessoas sempre a procuravam quando estavam vivendo uma crise. Ela já devia estar acostumada com isso.

— Será que ele não... Ele não deveria levar uma outra pessoa, uma que ele conhecesse melhor do que a mim, para uma coisa dessas?

— Minha querida — a voz da mulher mais velha carregava um tipo de emoção própria de uma mãe que fala sobre seu filho. — Dominic é um homem muitíssimo ocupado. Ele não tem tempo para amigos. Parceiros de negócios, sim. Pessoas que gostam de falar que fazem parte de seu círculo social, sim. Mas ele não pode levar nenhuma dessas pessoas para assistir a leitura de testamento de seu pai.

Abby e Lil cruzaram olhares. Aquele cara era bilionário e, no fim das contas, não tinha nada. Como isso era triste! Elas haviam sofrido muito com a morte de seus pais, mas estavam juntas e se apoiavam.

— Lamento muito, Sra. Duhamel, mas eu o vi pela primeira vez hoje. Eu não sei o que ele falou para a senhora, mas nós mal nos conhecemos.

— Ele falou que precisava que você fosse. Isso basta para mim.

— Ele falou isso? — Abby sentiu seu coração se apertar dentro do peito. Lil quase saiu batendo palmas de tanta emoção e então ela fez um coração, juntando as mãos na frente do peito. Abby deu um tapinha nela.

"Ele precisa de mim? Sua conversa durona era apenas isso... Conversa?"

Ele havia perdido o pai e não estava sendo capaz de enfrentar sozinho uma situação dolorosa. Ela entendia isso bem demais, ela sabia como a morte do pai sacudia a vida de uma pessoa.

— Sim — disse a Sra. Duhamel. — E eu preciso falar uma coisa para você: ao longo de todos esses anos em que trabalho para ele, eu jamais dei um telefonema tratando de seus assuntos pessoais. Esta é a primeira vez.

Então, ele a queria tanto que havia envolvido sua assistente pessoal no caso. O que isso significava?

— Ele pediu que a senhora me contasse sobre o pai? — Perguntou Abby.

A Sra. Duhamel descartou a ideia com uma curta risada.

— Oh, não! Eu acho que era para eu ligar e ameaçar você ou acenar uma varinha mágica e convencê-la a ir com ele. Ele disse apenas que se existia uma pessoa que conseguiria convencer você, essa pessoa era eu. Tanta confiança me lisonjeia, mas eu acho que sua decisão terá mais a ver com o seu nível de compaixão do que minha capacidade de persuadi-la.

— Não tenha tanta certeza sobre isso — murmurou Lil.

Abby pediu que ela fizesse silêncio.

Lil deu de ombros e ficou assobiando e apontando para o telefone:

— Nossa, essa mulher sabe como fazer as coisas!

"Muito verdadeiro!", pensou Abby. A suave voz da mulher mais velha havia feito com que o escandaloso pedido de Dominic soasse mais como um ato de bondade, em vez de uma imprudência.

A Sra. Duhamel acrescentou:

— Eu sei que Dominic falou que a limusine iria pegar você às onze horas, mas, se for possível, eu gostaria de pegá-la às sete. Eu vou levá-la em um spa e depois faremos algumas compras.

"Oh, primeiro sou gorda, agora estou precisando de um banho de loja?"

— Diga a seu chefe que se eu não sirvo como eu sou...

A Sra. Duhamel a interrompeu apressadamente:

— Oh, não! Não foi Dominic que sugeriu isso. Eu apenas pensei que se eu precisasse assistir à leitura de um testamento de vários milhões de dólares, eu ia querer me produzir primeiro.

Oh! Sob aquele ponto de vista, Abby só podia estar de acordo.

— Sra. Duhamel, acho que eu adoro a senhora.

A mulher riu com carinho.

— Estou apenas fazendo meu trabalho. E, por favor, me chame de Marie.

Abby suspeitou que fosse um pouco mais do que isso. Essa mulher, obviamente, se preocupava com Dominic.

— Então, por favor, me chame de Abby. Não fique brava comigo, mas você, realmente, não parece com alguém que é a assistente pessoal de Dominic. Você é tão... querida.

O tom maternal retornou:

— Não deixe que sua primeira impressão sobre Dominic macule sua opinião sobre ele. Ele é bem mais do que deixa as pessoas verem. Meu marido trabalhou para ele quando Dominic começou sua empresa, mas saiu antes que ela decolasse. Stan era um bom marido, mas não era lá essas coisas como homem de negócios. Ele morreu há sete anos e me deixou muitas dívidas. Ali estava eu, com quase sessenta anos, falida e sem formação suficiente para encontrar um emprego. Então, eu liguei para Dominic desejando desesperadamente que ele se lembrasse de meu marido. E ele se lembrava. Ele me disse que Stan havia sido um bom homem e me contratou na hora como sua assistente pessoal. Eu trabalho para ele desde esse dia.

Abby trocou um olhar com sua irmã. Dominic não poderia ser um cara tão ruim assim se ele havia colocado sob sua proteção a esposa de um antigo funcionário. O que estava segurando ela? Abby queria muito ir e Dominic queria muito que ela fosse. Sua irmã teria razão? Estava na hora de ela dar de ombros para o papel de moça responsável que havia assumido por necessidade e se permitir numa aventura louca?

— Ok — falou Abby, sua voz tremendo. — Eu vou.

— Fantástico! — Exclamou a Sra. Duhamel. — Agora, vá dormir um pouco, querida. Eu pego você às sete.

Antes de encerrar a ligação, Abby perguntou:

— Tem certeza absoluta? Tem de haver alguma outra pessoa que ele...

A mulher mais velha se apressou a garantir:

— Não fique imaginando coisas. Um passo de cada vez. Agora apenas se concentre no fato de que, amanhã, você vai ser tratada como jamais foi.

— Isso está me parecendo muito bom.

— Nem imagina quanto. Eu vejo você às sete.

Lil se esparramou no sofá enquanto uma confusa Abby colocava o telefone de volta no carregador da parede.

— Se isso ajuda, Abby, eu acho que você escolheu a opção certa.

Abby suavizou sua resposta com um sorriso:

— Essa é realmente a parte que está me assustando.

Lil lhe jogou uma pequena almofada, da qual Abby se desviou, sorrindo. Não importava como o dia seguinte iria acabar, sua vida agora estava bem melhor do que havia sido por muitos anos.

SEIS

No final da manhã, Abby estava diante de um espelho de corpo inteiro no provador de uma boutique de roupas caras que havia imediatamente fechado suas portas para outros clientes quando ela chegou. Ela quase não se reconheceu. Seus cachos escuros haviam sido domados em ondas macias ao redor de seu rosto agora impecável. Seus olhos jamais haviam parecido tão grandes e seu nariz, tão pequeno. Ela sempre se considerara uma garota normal, igual a tantas outras, mas Marie estava certa. Todo aquele mimo com que estava sendo tratada havia lhe dado um novo nível de confiança. Ela se sentia linda.

Na verdade, também havia uma faísca de antecipação naqueles olhos que observavam através do espelho. Ela poderia estar dizendo a si mesma que estava se vestindo para ir ao escritório de um advogado assistir a um ato importante, mas, no fundo, ela sabia que a fome que havia sentido por Dominic no dia anterior não fora apenas imaginação. Seu corpo despertava sempre que Abby se lembrava de como ele fazia seu sangue correr olhando para ela com aqueles olhos cheios de desejo sexual. Seu toque também conteria aquela promessa de luxúria primitiva e incontida?

Poderia alguma coisa tão boa sobreviver à luz do dia?

O vestido preto, tomara que caia, que estava experimentando, se colava a todas as curvas de seu corpo, não deixando lugar para a imaginação. Ela era uma moça de gostos recatados e aquele vestido ousado, delineando-lhe os seios e expondo sua excitação, não era o tipo de roupa que a deixava confortável, e também não parecia próprio para uma ocasião formal como essa.

— Marie, este vestido é sexy demais para mim. Acho que vou experimentar um menos justo e com mangas.

— Deixe eu ver. — A voz masculina que lhe respondeu definitivamente não era Marie.

Dominic! Abby se engasgou, cobrindo os seios com uma das mãos e segurando a maçaneta da porta com a outra.

— Não abra a porta! — ordenou Abby. — O que você está fazendo aqui?

Houve o som de um ligeiro movimento na sala do lado de fora e o fechamento da porta exterior. — Estou vindo verificar seu progresso. Temos tempo suficiente para pegar o almoço antes da reunião, se você se apressar.

— O vestido não entra — mentiu Abby. Ela queria que ele a achasse atraente e não vestida de um modo que fizesse ele pensar em lhe oferecer de novo seu dinheiro. — Eu preciso que Marie traga outro para mim, de outro modelo.

— Mostre para mim.

— Não.

— Estou mandando.

— Você acha que pode me tratar como se eu fosse uma adolescente?

— Me mostre.

— Não é próprio para hoje. Peça para Marie trazer o vestido azul-escuro que nós duas estávamos vendo.

— Eu peço. Mas primeiro você vai me mostrar esse. — Abby escutou o som de uma cadeira sendo colocada perto da porta do provador e isso disse a ela que Dominic não iria a lugar nenhum. Ele iria se sentar ali e esperar, até que ela se decidisse.

Ela largou a maçaneta da porta e endireitou os ombros, mas isso só fez o decote do vestido mostrar ainda mais seus seios. Aquela roupa não era decente, porém ele não iria sair dali se ela não mostrasse... Bom, então, o melhor era mesmo deixar ele ver.

Sua confiança dobrou ao ver a reação que provocava nele. Dominic deixou cair os braços e o queixo quando a viu aparecer. Mas o homem de terno amarrotado do dia anterior havia desaparecido. Seu terno cinza-escuro havia sido, obviamente, feito sob medida e seus cabelos estavam agora perfeitamente penteados, não existia um fio fora do lugar. Tudo nele mostrava riqueza e poder.

"Nossa! Estou bem longe desse campeonato!". Abby perdeu a vontade de girar alegremente diante dele; em vez disso, ela colocou os braços para baixo, um pouco sem jeito e disse:

— Veja, eu disse que não era apropriado.

— Você está certa — disse ele com voz rouca, levantando rapidamente da cadeira, com jeito de predador. — Esconderam suas sardas — comentou, usando um tom quase acusatório.

O peito dela arfava de irritação e Abby colocou as mãos nos quadris.

— Você devia estar comentando o quanto eu estou linda.

Ele a puxou contra ele, a obrigando a esticar o pescoço para olhá-lo.

— Isso você já sabe. — Ele roçou seus lábios nos dela antes de sussurrar em seu ouvido: — Mas, mais tarde, eu vou querer tirar toda essa maquiagem de seu rosto.

Ela ficou rígida em seus braços.

— Sr. Corisi...

Ele a beijou na nuca.

— Fale meu nome.

— Dominic, não foi para isso que eu vim hoje.

— Apenas meu nome — ele ordenou de novo enquanto dava pequenas mordidas na orelha dela. — Fale.

— Dominic — ela arfou. Ok, talvez ela também tivesse vindo um pouco por causa disso.

— Mmmmmmm — gemeu ele, largando a orelha dela e começando a beijar seu ombro nu. Deslizou uma das mãos pelo vestido e segurou, com força, as nádegas de Abby, enquanto a puxava mais para perto dele. Seus corpos se colaram.

Ela se contorceu contra o corpo daquele homem lindo e todos os pensamentos racionais voaram de sua mente. Então se segurou em seus ombros largos e os beijos de Dominic foram descendo até o lugar onde a pele de Abby se juntava com o tecido caro do vestido. Ele deu um passo para a frente e obrigou Abby a ficar encostada na parede. Dominic foi deslizando sua mão, descendo sempre, mas o vestido impedia sua entrada. Ele não pareceu importar-se com isso e a acariciou através do vestido, provocando a excitação até ela arquear o corpo para trás, cheia de prazer. O vestido escorregou um pouco, revelando um mamilo nu e ele desceu para abocanhá-lo.

Ele não era inexperiente. Muito pelo contrário. Ele a tocava com confiante perícia cheia de promessas de prazer para eles dois.

Uma batida na porta os interrompeu. Eles escutaram a voz de Marie vindo do lado de fora:

— Esse vestido está bom? Você quer que eu pegue o azul?

Dominic gemeu de encontro ao pescoço de Abby e então ajeitou o vestido dela, colocando a saia para baixo e o decote no lugar certo.

— Agora não — ordenou ele.

A Sra. Duhamel respondeu como se não o tivesse escutado:

— Se vocês dois estão querendo almoçar, nós precisamos nos apressar. Ainda falta Abby experimentar algumas roupas.

Abby sentiu seu rosto se inundar de embaraço.

— Oh, meu Deus, ela sabe o que nós estamos fazendo.

Dominic segurou o rosto de Abby com as duas mãos obrigando que ela olhasse para ele.

— E ela decidiu segurar vela para nós. — Ele a beijou profundamente e o corpo de Abby tremeu, precisando de novo do de Dominic. Ele terminou o beijo roçando suavemente, uma última vez, seus lábios nos dela e descansou o rosto contra seus cachos, cercando-a com uma ternura que desmentia a brevidade de seu conhecimento. Por um momento, o único som naquele pequeno espaço era a respiração descompassada dos dois e os batimentos do coração dele, grudado na orelha dela. Respirando fundo, Dominic deu um passo atrás, olhou Abby e disse: — Ela está certa. Ao menos agora.

Ele foi abrir a porta exterior a sua assistente e deu a ela um sorriso tímido, como um menino apanhado pela mãe fazendo uma bobagem.

— Ela é toda sua, Duhamel. Você está certa. Precisamos ir em dez minutos e ela não pode usar aquele vestido.

A mulher mais velha entrou no provador, discretamente, fingindo nem se dar conta de que havia interrompido mesmo a tempo. Antes de Dominic fechar de novo a porta, ele falou:

— Ela não vai usar este vestido hoje mas mande a atendente colocar ele junto com as outras roupas que vamos comprar.

A piscadela dele era a coisa mais sexy que Abby havia visto em sua vida. Ela se deixou cair contra a parede espelhada.

Marie se aproximou, carregando várias outras roupas para ela provar, e Abby falou:

— Nós apenas... Bom, nada...

Marie fez um gesto com sua mão livre e sorriu:

— Você não precisa explicar nada para mim, querida.

— Eu só não quero que você pense...

— O que eu acho, Abby, é que você está fazendo muito bem para Dominic.

O rosto de Abby não podia ficar mais vermelho.

— Eu sei, eu sei! — Disse Marie rapidamente. — Eu não devia ter falado nada. Não é da minha conta, mas eu gosto de você. — Ela mostrou a Abby um outro vestido, azul-escuro, bem mais discreto. — Agora, experimente esse antes que Dominic faça um buraco no tapete de tanto andar de um lado para o outro.

Abby se perguntou se Dominic se dava conta do quanto era sortudo por ter Marie em sua vida. Ela estendeu os braços e, antes de pegar o vestido azul, deu um abraço na outra mulher. Marie alisou sua blusa e falou:

— Você está ficando bem emotiva, menina. — Mas seu rosto não negava a felicidade que o gesto de Abby lhe proporcionara.

SETE

O clima descontraído da manhã havia desaparecido. Abby se sentou ao lado de Dominic, num sofá de couro, no canto do imenso escritório do advogado. As paredes estavam completamente cobertas de estantes com livros. Sua vontade era de segurar a mão dele mas, em vez disso, colocou ambas as mãos sobre o colo. Abby não sabia muita coisa sobre antiguidades, mas a jarra que tinha ao lado era obviamente muito antiga e muito provavelmente valeria uma década de seu salário de professora. Na loja, ela havia entendido o que Dominic queria, mas aqui, no mundo dele, ela não tinha certeza de qual era seu papel.

Um senhor idoso e quase completamente calvo entrou na sala. Quando ele percebeu que Dominic não estava sozinho, parou por alguns segundos, mostrando sua surpresa. Fez um aceno de cabeça, parecendo dizer alguma coisa a ele mesmo, e continuou a caminhar na direção de Abby e Dominic.

Dominic pôs-se de pé, mas não estendeu a mão para cumprimentá-lo.

— Dominic — disse o homem, não mostrando estar ofendido com a fria saudação de Dominic que, por sua vez, também o cumprimentou de maneira familiar:

— Thomas.

— Há quanto tempo! — O senhor idoso falou, se voltando para pegar alguns papéis que estavam sobre sua mesa, e depois foi se sentar em outro sofá de couro, na frente deles.

— Não o suficiente.

— Vejo que você ainda sente raiva. — O advogado lamentou.

— Não vim até aqui para relembrar o passado. Onde está minha irmã? — Dominic caminhava em frente do sofá e sua tensão enchia a sala.

— Ela está chegando. — O olhar do advogado se desviou de Dominic para Abby. Ela estava de pé e apertou a mão que ele estendeu para cumprimentá-la. Ele falou: — Thomas Brogos. Sou advogado da família faz muitos anos.

— Abby Dartley. — Sem saber qual era seu papel naquela sala, ela não acrescentou mais nada.

Thomas continuou segurando a mão dela, esperando que dissesse mais alguma coisa.

— Secretária? — Ele enfim perguntou.

— Professora do ensino médio — respondeu ela, liberando sua mão e olhando o duro perfil de Dominic. Ele estava tão tenso que isso se via em seus músculos. Os lábios dele, que uma hora antes a haviam beijado tão carinhosamente e que haviam rido com ela, estavam agora comprimidos, em fúria.

— Interessante — comentou Thomas, olhando de Abby para Dominic e de novo para ela. Ele parecia estar com vontade de perguntar mais alguma coisa, mas Dominic parou de caminhar de um lado para o outro e calou o homem mais velho levantando apenas uma sobrancelha. Uma sutil linguagem corporal em um homem que parecia estar querendo machucar alguém.

— Sentem-se, por favor — convidou Thomas.

Dominic se sentou do lado de Abby e pousou a mão no joelho dela, enviando mais uma mensagem gestual para Thomas e conseguindo, dessa maneira, desencorajá-lo a fazer mais perguntas.

O advogado balançou a cabeça, abriu sua pasta e começou a organizar os papéis para depois arrumá-los em pequenas pilhas, sobre uma mesa do lado do sofá.

Uma mulher alta e magra entrou na sala em um acesso de raiva. Os dois homens se colocaram de pé imediatamente. Abby ficou de pé um segundo mais tarde, se sentindo insegura sobre seu papel em tudo aquilo.

A mulher cumprimentou calorosamente o advogado, depois se sentou rigidamente na cadeira que sobrava e fez a temperatura da sala descer cerca de 10 graus com o olhar que lançou a Dominic. A semelhança entre os dois era marcante, deixando pouca dúvida sobre sua ligação familiar. A irmã de Dominic tinha cabelos pretos, penteados para trás, de modo que era possível ver completamente seu rosto, o que acentuava as semelhanças entre os dois, e, como ele, também tinha penetrantes olhos cinzentos.

Ela usava uma versão feminina do elegante terno de seu irmão com sapatos clássicos e simples, porém caros, e sua maquiagem era bem suave. Era uma mulher linda que usava suas ideias, e não sua aparência, para causar sensação.

— Nicole — disse ele. Sem desviar os olhos da irmã, Dominic fez um sinal a Abby que se sentasse. Depois, ele se acomodou ao lado dela, mas era notório que seus pensamentos estavam distantes. Mais uma vez, Abby se perguntou como sua presença poderia ajudá-lo. Um homem como ele não precisava de alguém para lhe dar segurança. Ele não parecia precisar de alguém ou de alguma coisa.

— Podemos terminar logo com isto? — A jovem mulher falou rispidamente e Abby sentiu Dominic ficar ainda mais tenso a seu lado.

Thomas limpou a garganta. Ele colocou dois documentos sobre a mesa diante deles.

— Eu acho que a última vontade do pai de você dois vai surpreendê-los.

Dominic grunhiu alguma coisa, manifestando seu descrédito. Ele endireitou as costas, cruzou as pernas pousando um tornozelo sobre o outro, esticando as pernas, e cruzou os braços; uma posição relaxada que não escondia a enorme tensão que saía dele. Isso não pareceu impressionar ninguém, e ele disse, de maneira brusca:

— Vamos diretos ao ponto.

Nicole se voltou para ele, e falou, dura:

— Sim, fale logo, o grande Dominic Corisi precisa voltar correndo para seu império. Ele não veio no velório nem no funeral, mas agora ele teve tempo de nos encaixar em sua super preenchida agenda.

— Eu estava fora do país — Dominic respondeu a ela, cada vez mais desconfortável.

Thomas deu umas batidinhas nos papéis com sua caneta.

— Quando vocês dois pararem de brigar, eu explico o testamento.

Dominic se inclinou um pouco para a frente, seus músculos se moveram, tensos, com as palavras do advogado, mas ele não falou nada. Nicole se mexeu em sua cadeira, como uma criança a quem a mãe havia pedido para se comportar, mas também não falou nada. Estava óbvio que Thomas era alguma coisa mais do que um simples advogado da família.

— O pai de você mudou seu testamento no ano passado, quando sofreu o primeiro ataque cardíaco — falou Thomas, suavemente.

— Primeiro? — Perguntou Dominic. — Eu não sabia que ele estava doente.

— É claro que não! — Nicole falou entre dentes.

O advogado continuou o que estava dizendo, mantendo uma calma profissional:

— Ele decidiu deixar o que resta de sua propriedade e de sua empresa, Corisi Ltd, no valor líquido de cerca de trinta milhões de dólares, inteiramente para Nicole.

— Para saber uma coisa dessas, não precisava me obrigar a vir aqui — zombou Dominic.

Thomas endireitou sua gravata, nervoso.

— Mas ele estipulou um adendo em seu testamento que exije que você assuma o papel de presidente da empresa durante pelo menos um ano, Dominic. Se você se recusar, a herança de sua irmã vai para várias instituições de caridade.

Nicole pulou da cadeira.

— Você só pode estar brincando! Havia mais de dez anos que papai e Dominic não falavam um com o outro. Por que ele iria querer colocá-lo como presidente?

O advogado empalideceu.

— A Corisi Ltd está falida. Seu pai não achou que você fosse capaz de lidar com a situação, Nicole. Você jamais esteve envolvida nos negócios.

Parecendo que ia desmaiar ali mesmo, Nicole se segurou nas costas de uma cadeira. Ela falou em um murmúrio:

— Papai jamais permitiu que eu participasse de alguma coisa na empresa. — Ela enxugou uma lágrima teimosa, que deslizava por seu rosto. — Como ele foi fazer isso comigo? Ele sabia que eu fiz mestrado e que sempre trabalhei na área para estar preparada para quando chegasse minha vez de sucedê-lo. Eu sei mais sobre nossos concorrentes do que ele jamais soube.

Dominic ficou em pé.

— Nicole...

Nicole apontou um dedo na direção do peito de Dominic.

— Oh, você deve estar adorando tudo isso. Primeiro, você o destrói, e agora banca o herói? Nem pensar! Eu não sobrevivi a um ditador para me colocar sob o controle de outro.

Ela se voltou para Thomas e falou:

— Meus advogados vão contatar você.

Abby ficou de pé quando viu como Dominic ficara lívido. Ela segurou a mão dele na sua e esse gesto deixou Nicole cheia de raiva. Ela se voltou para Abby e falou:

— Eu não conheço você, mas, para seu bem, estou avisando: se afaste de meu irmão enquanto você pode. Os homens Corisi não amam; eles são donos. Dê o fora enquanto você tem alguma auto-estima. Corra antes que ele destrua completamente sua vida.

Dominic ficou tenso, mas Abby apenas segurou a mão dele com mais força. Ela entendeu como aqueles dois andavam se magoando ao longo de anos e se sentiu triste por não ser capaz de ajudá-los.

— Eu vou mandar meus advogados examinarem o testamento, Nicole — Dominic falou, lacônico.

Tremendo de raiva, Nicole pegou sua bolsa, colocou a alça no ombro e foi caminhando até a porta.

— Muito pouco, muito tarde. Você não é o único que tem amigos poderosos, Dominic. Meus advogados contatarão você amanhã, Thomas. — Ela saiu e bateu a porta com força.

Depois que ela saiu, Dominic debochou:

— Abby, essa é minha irmã Nicole. Nicole, esta é a Abby.

Abby olhou tristemente para Dominic e seu coração se encheu de simpatia por ele:

— Você deveria ir atrás dela.

— Nós dois estamos quinze anos atrasados para isso — disse ele, como se estivesse falando sozinho.

Thomas falou:

— Ela não vai encontrar uma brecha nesse testamento, Dominic. Você precisa ajudá-la a estabilizar a empresa de seu pai, especialmente porque você a empurrou para a falência. Você deve isso a sua irmã.

— Você a escutou, Nicole não está querendo minha ajuda. — Ele apertou a mão de Abby com muita força, mas ela não protestou. Ela estava ali por isso.

— Você vai deixar que ela perca tudo? — Perguntou Thomas, usando um tom de voz que revelava grande lealdade.

— Eu não vou ajudar a salvar a empresa de meu pai. Se não existir uma maneira de contrariar esse testamento, eu darei algum dinheiro para Nicole. O meu pai não vai ganhar só porque...

Thomas pegou alguns papéis e balançou a cabeça.

— Eu acho que a vida caminha em círculos. Faça como você quiser, Dominic, mas, no final, seu pai estava com a melhor intenção quando ele colocou isso em seu testamento. — Ele cumprimentou Abby gentilmente, com um aceno de cabeça, abriu a porta da sala e entregou uma cópia do testamento para Dominic. — Mostre para seus advogados, filho, e, em seguida, volte aqui para me ver.

Dominic pegou os papéis, embora, claramente, ele não tivesse a mínima vontade de fazê-lo. E ele puxou Abby atrás de si, saindo. Ela quase precisou correr para acompanhá-lo.

— Não vou voltar aqui — disse ele, por cima do ombro.

— Se você não voltar, eu vou ter certeza de uma coisa. — Thomas respondeu, da porta de seu escritório.

Dominic parou na porta da rua, furioso, e virou a cabeça a fim de olhar para o advogado. Ele havia parado de maneira tão inesperada que Abby precisou fazer um esforço para não derrapar e, assim, evitar se chocar contra ele. Ela gostaria que ele liberasse sua mão, mas a atenção de Dominic se focava em Thomas e apertava os dedos dela sempre com mais força.

— Você vai ter certeza de quê? — Perguntou Dominic, bruscamente.

Thomas ajeitou seus óculos no nariz e falou:

— Que você, finalmente, ficou igual a seu pai.

OITO

Dominic só percebeu que quase estava esmagando a mão de Abby quando já estava dentro da limusine. Pobre moça, ele a havia arrastado ao longo daquele corredor do escritório de Thomas, quando estava saindo. Então, ele liberou a mão dela com mais relutância do que gostaria.

Dominic se preparou para o ataque verbal que ele sabia que viria. Era isso mesmo que ele estava merecendo. Que tipo de idiota convida uma mulher que mal conhece para partilhar um dos piores momentos de sua vida? Abby tinha todo o direito de insultá-lo com as palavras mais duras.

Mas o silêncio dela, sentada do lado dele, doía como se ela estivesse dando pontapés nele.

Ele desejava apenas que ela falasse e que aquela situação dolorosa acabasse logo. Ele era um ser humano horrível, sabia disso. Um péssimo exemplo como filho, uma desilusão como irmão, e, no geral, um monstro que só queria saber de dinheiro.

Abby só estava ali, a seu lado, porque ele havia ameaçado fazer a irmã dela perder seu emprego. Ele era um multimilionário sem--vergonha que chantageara uma simples professora. Isso não dizia tudo? Era isso que estava impedindo ela de xingá-lo? Durante a construção de seu império financeiro, ele havia entortado seu código moral mais do que gostaria de reconhecer e hoje havia feito ainda pior, precisava admitir.

Se ao menos ela dissesse alguma coisa.

— Para onde vamos, senhor? — Perguntou o motorista.

Abby respondeu antes de Dominic ter a chance de abrir a boca:

— Precisamos fazer compras. Há um shopping em North Attleboro, na Route 1.

Dominic se voltou para ela, surpreso. Se ela fosse outro tipo de mulher, ele até poderia pensar que sempre estava tão focada em si mesma que não havia entendido nada do que se passara na última hora. No entanto, seus olhos cor de âmbar estavam cheios de uma compaixão que ele não merecia, e que também não queria aceitar.

— Preciso voltar a Nova Iorque — disse ele ao motorista. — Você leva a senhorita Dartley em casa. No caminho, pode parar no shopping, se ela quiser. Mande para mim todas as contas e ligue pedindo outra limusine para me levar no aeroporto.

— Espere — disse Abby.

O motorista hesitou, sem saber qual deles obedecer, e isso deu a Dominic uma oportunidade para liberar sua raiva:

— Se você gosta de seu trabalho, ligue para pedir a outra limusine agora mesmo.

O motorista obedeceu prontamente.

— É só um shopping — argumentou Abby, em desafio.

Dominic se encostou no assento, endireitando os ombros largos:

— Não estou com vontade de ir a um shopping.

— Você está com medo? — perguntou ela, bem baixinho, tão baixinho que ele quase não escutou sua voz. Ele virou a cabeça. Sua doce professorinha estava com um brilho travesso em seus olhos.

— Não estou interessado — mentiu. Mas cada vez que ela o surpreendia ele se sentia mais e mais interessado.

Ela cruzou as pernas lentamente, tendo plena consciência de que ela detinha a sua atenção mais uma vez, e cruzou as mãos sobre o joelho exposto. Soltou um suspiro teatral.

— Então, você nunca vai saber a que lugar eu iria levá-lo depois do shopping.

Homem algum no planeta poderia resistir a uma coisa dessas. Ela era pura tentação. Ele se inclinou em sua direção e gemeu:

— Por que você não me leva agora?

Ela deu de ombros, suavemente, comunicando com esse gesto que a oportunidade havia passado. Ele se colou completamente a ela e tentou puxá-la para seu colo, mas Abby se afastou:

— Nossas roupas não são apropriadas para irmos ao lugar onde eu estava querendo ir.

Ele se aproximou dela, de novo:

— Você acha mesmo que precisamos de roupas?

— Tenho certeza — respondeu ela. Depois riu, e Dominic sentiu que isso fazia seu sangue correr mais rápido e fazia ele ficar mais quente.

"Esqueça o avião. Esqueça seu regresso a Nova Iorque", ele pensou. E pediu para o motorista cancelar o pedido da outra limusine e os levar ao shopping de North Attleboro. Nada nem ninguém iria fazê-lo perder aquilo.

Abby se recusava a começar a duvidar de si mesma agora. Se ela não queria sentir essa palpitante, quase visível, tensão sexual retornando, ela poderia ter aceitado a oferta dele para terminar o dia mais cedo. Ele teria deixado que ela fosse embora e, provavelmente, teria sido a última vez que ela o veria.

O problema é que ela não queria que aquele dia terminasse já. Ontem, ele havia sido uma fantasia sexual linda, maravilhosa e arrogante.

Hoje, ela era isso tudo, mas também era um homem. Um homem complicado, que havia escapado do horror de um pai controlador para viver uma dolorosa culpa.

Ele queria fugir. Ela sentia isso. Ela passou a maior parte de sua vida adulta fugindo da tristeza da perda de seus pais. Não, ela não havia entrado em um avião e fugido para longe, mas ela havia se distanciado emocionalmente de si mesma e agora mal se reconhecia na mulher que havia se tornado.

Ela não era aquela moça escondida atrás de uma blusa com todos os botões fechados, com regras rígidas e severas. Não é de se admirar que Lil tivesse se revoltado. Abby tentara forçar sua irmã a se esconder da vida como ela, com medo de que, se alguma delas saísse daquele caminho reto e estreito que ela havia traçado, a tragédia pudesse atingi-las novamente.

Dominic estava lutando contra seus próprios demônios emocionais. Na superfície, ele parecia um homem que não precisava de nada nem de ninguém, mas ele havia lhe mostrado o homem por trás da fachada ao agarrar a mão dela.

A ligação deles era tão emocionante quanto aterrorizante. Dominic havia lhe oferecido a chance de terminar aquela aventura, mas alguma coisa havia dito a Abby que eles precisam ter aquele encontro. Ao lado dele, Abby estava descobrindo coisas sobre si mesma, e ela esperava que isso também pudesse acontecer com Dominic.

Um plano para aquele dia estava se desenhando na mente de Abby; um plano completamente impulsivo que ela teria descartado uma semana atrás. Hoje, ela estava dando uma chance a esse plano. Lil estava certa, era hora de começar a viver de novo.

Quando a limusine parou no estacionamento do shopping, Abby pegou sua bolsa e anunciou:

— Isto é uma corrida. O primeiro a voltar na limusine vestindo calça jeans, uma camiseta e tênis é o vencedor.

A seriedade do dia desapareceu e o sorriso predatório de Dominic retornou:

— E qual é o prêmio?

"Bilionário confiante demais", pensou Abby, divertida. Ele podia mandar no mundo dos negócios, mas quando o assunto era compras, ela tinha certeza de que ele não sabia como comprar sua roupa. E isso iria atrasá-lo.

— O vencedor terá o direito de decidir onde nós vamos passar o restante do dia — declarou ela.

Os olhos de Dominic faiscaram de interesse.

— Eu gosto disso. E eu já sei onde vou levar você.

Sem dar tempo para que ele planejasse sua estratégia, Abby abriu a porta do lado dela, pulou na calçada e gritou por cima do ombro:

— Eu também!

Quando retornou, Dominic abriu a porta de trás da limusine sem dar tempo nem mesmo para que seu motorista fizesse isso para ele. Lá de dentro, Abby lhe deu um sorriso triunfante e Dominic resmungou. Ela já havia dado para o motorista todas as indicações sobre o destino seguinte e estava adorando cada momento de sua vitória.

Por sorte, Abby havia estado naquele shopping alguns dias atrás e, impulsivamente, havia tentado uma calça jeans de grife um pouco caras. Ela se colava a suas curvas como se tivesse sido feita sob medida. Mas não era muito prática e Abby decidira não comprá-la, porém hoje ela a havia pegado cheia de confiança. Ela também comprara uma camiseta marrom, com um decote em V, que revelava apenas o suficiente de seus ombros e seios para fazer com que todos os homens a olhassem uma segunda vez, e juntou um par de tênis de sua marca preferida; ela não estava apenas determinada a ganhar a corrida, ela também queria estar deslumbrante.

Dominic sentou-se ao lado dela, parecendo muito menos satisfeito com seu passeio.

— Nenhum dinheiro do mundo pode fazer subir o QI de um atendente adolescente. Que tipo de loja esconde do público todos os funcionários com mais de vinte anos de idade?

— Não seja mau perdedor, Dominic. Sem chance. — Abby deu um tapinha no joelho dele e retirou logo a mão, respondendo ao choque que aquele breve toque provocara nela. Ela não havia imaginado o quanto ele ficava lindo e sexy com roupas mais informais. Sua camiseta de algodão azul-escuro revelava seu torso atlético e sua barriga lisa.

Ele segurou a mão dela e a colocou de novo sobre sua perna, mantendo-a presa por baixo de sua mão, que era muito maior.

— Por que eu estou tendo a sensação de que você trapaceou?

Ela soltou um suspiro. Ficava difícil se lembrar de suas razões altruístas para aquele dia quando a única coisa em que ela conseguia pensar era na atração que seu corpo estava sentindo por Dominic. Seu estômago sempre parecia ficar cheio de borboletas quando ela estava perto daquele homem.

— Você é um homem de negócios. Como você não usou essa sua vantagem natural para ganhar?

Ele obrigou a mão dela a subir um pouco na coxa dele, a respiração dos dois se acelerando cada vez mais.

— Quando se trata de ganhar, não existe nada que eu não faria. — Ele se inclinou sobre ela, ficando muito perto, como se fosse beijá-la, mas parou antes que seus lábios encontrassem os dela, como se estivesse se debatendo com alguma coisa em seu interior.

Ela falou:

— Parece que você está me avisando alguma coisa.

Ele largou a mão dela e, sem esforço algum, a fez girar, colocando-a bem de frente para ele, sentada sobre seu colo, no banco.

— Você fez sua escolha, uma hora atrás. Eu só não quero que você fique imaginando que isto é mais do que é. — Ele colocou as mãos nos quadris dela. — Você ainda pode mudar de ideia, se quiser.

Ela voltou a se sentar em seu lugar, jogando o cabelo por cima dos ombros.

— Quantas ameaças. Você nunca ouviu falar do ditado sobre o vinagre e o mel?

— Essa nunca foi minha máxima. Nem antes, nem agora. Você está aqui apenas porque eu a chantageei sobre o trabalho de sua irmã. — Sua mão direita a acariciou, até seu polegar ficar parado logo abaixo da curva de seu seio.

Abby quase riu, mas olhando nos olhos dele, entendeu que ele falava sério. Ela colocou uma das mãos em um dos musculosos ombros dele.

— Eu estou parecendo uma mulher que precisou ser chantageada para estar aqui hoje, com você?

Os olhos cinzentos de Dominic escureceram até ficarem quase negros, como um céu de tempestade.

— Não, mas você é o tipo de mulher que devia estar fugindo de um homem como eu.

Havia tanta dor no rosto dele que Abby se inclinou e o beijou na testa, e não nos lábios.

— Eu não estou preocupada — murmurou.

Ele colocou, de maneira gentil, suas mãos nos ombros dela e se inclinou para trás, de modo a poder ver perfeitamente seu rosto.

— Mas devia estar. — Ele empurrou os quadris para frente, se colando a ela, para que Abby pudesse sentir sua excitação, mesmo através do tecido.

Excepcionalmente descarada, Abby se esfregou contra ele, se divertindo com a forma como as coxas e as mãos dele se moviam, tentando deter os quadris dela, por temer sua reação caso ela continuasse a fazer aquilo.

— Você também devia — disse ela.

Ele colocou uma das mãos na nuca de Abby e a puxou contra ele, a beijando. Ela correspondeu esfomeada. Todo mundo merece uma noite que, por ter sido tão boa, sempre faça sorrir secretamente quando lembrada, mesmo quando já se for bem velhinho. Agora, ela esperava que o destino surpresa que havia preparado para ele não acabasse com aquele clima.

— Por que você está sorrindo? — Perguntou ele, entre beijos.

Abby descansou sua cabeça no ombro dele, tentando ganhar algum autocontrole.

— Estou pensando se você vai gostar do lugar aonde nós estamos indo.

Ele deslizou um dedo pela renda do sutiã dela.

— Oh, estou gostando, sim.

— Não foi isso que eu quis dizer. — Abby riu e afastou a mão dele. — Pare. Eu não sou capaz de pensar quando você faz isso. — As placas na beira de estrada indicavam que eles estavam chegando. Uma hora antes ela estava bastante segura de sua escolha. Agora, ela só conseguia pensar que queria Dominic e aquela sua primeira ideia lhe parecia uma bobagem.

Dominic deu uma boa risada e suas mãos começaram de novo a vaguear no corpo dela.

— E isso é problema?

— Não. Sim. — Abby balançou a cabeça e segurou as mãos dele nas suas. — Eu não escolhi o tipo de lugar que você está imaginando.

Ele a puxou mais para perto, sua respiração quente contra o pescoço dela, e falou:

— Eu não quero saber onde nós vamos passar o dia, mas eu escolho onde vou levar você hoje de noite.

O motorista baixou o vidro de separação entre seu lugar e o dos passageiros e anunciou, divertido:

— Chegamos, senhor. Zoo Southwick.

*   *   *

Dominic olhou o estacionamento não querendo acreditar que estavam mesmo na entrada do zoológico. "Nossa!" Havia até um ônibus de um colégio em meio ao oceano de vans. Quando decidiu entrar no jogo de Abby, havia imaginado um destino mais íntimo. Que droga eles iam fazer em um zoológico? Abby segurou a mão dele e pareceu ler seus pensamentos.

— Você confia em mim? — Perguntou.

Dominic balançou a cabeça. Todo o homem tem seus limites e ele podia pensar em uma centena de lugares bem mais apropriados para o que tinha em mente.

— Não estou com paciência para multidões e crianças pequenas.

A opção de entretenimento que ela havia feito sublinhava as grandes diferenças entre os dois e ele se perguntou mais uma vez se não seria melhor terminar aquele dia ali mesmo.

Abby puxou a mão de Dominic até ele olhar de novo para ela. A expressão teimosa estava de volta ao rosto dela.

— Eu ganhei e esta é minha escolha. Você vai ter de ir — falou ela, desafiando-o diretamente.

Ele se endireitou, uma resposta involuntária ao tom dela, as sobrancelhas atirando-se em direção a seu couro cabeludo, e quase riu, mas se conteve no último segundo. Ela nem sempre apreciava seu senso de humor.

— Sim, senhora — brincou ele e a encaixou do seu lado, colocando um braço sobre os ombros dela. Sempre que ele supunha que a conhecia um pouco, ela o surpreendia. Começava a parecer impossível voltar a sair com uma daquelas moças bem obedientes, insuportavelmente estúpidas e doces de antes. Se ela ia usar apenas um pouco de sua audácia natural para fazer amor com ele, Dominic não tinha certeza se seria capaz de deixá-la ir embora pela manhã.

— Vamos. — Ela o puxou até à entrada do zoológico, sem conseguir apagar da mente dele as imagens que ele conjurava sobre como, logo mais à noite, ele iria aproveitar o tempo com ela.

Depois de permitir que ele pagasse os ingressos, ela o levou em passo decidido pelos caminhos do zoo, passando pelas jaulas de várias criaturas peludas que ele não teve tempo para ler o nome. Viram uma tartaruga e muitos pássaros em gaiolas. O passo dela se tornou mais lento quando estavam se aproximando da área das Planícies Africanas.

Eles chegaram numa porteira fechada que trazia um cartaz onde se lia "Floresta dos Veados". Ela tirou de sua bolsa algumas moedas e um saco plástico e foi até uma máquina para enchê-lo de grãos de milho.

— Pelo preço certo, eu acho que eles até deixam a gente alimentar os leões — sugeriu ele, continuando sem achar qualquer coisa de excitante na escolha dela.

— Estou certa de que sim — concordou Abby, empurrando a porteira e passando sem esperar para ver se ele a estava seguindo. Mas é claro que ele estava indo atrás dela.

Dez passos mais a frente, ela parou para esperar por ele. Os olhos de Abby tinham uma expressão sonhadora quando ela indicou toda a área que os rodeava.

— Quando preciso pensar, este é um de meus lugares preferidos. Sempre venho até aqui.

Pensar era a última coisa que Dominic estava querendo fazer, mas algo no amor de Abby por essa floresta despertou a atenção dele. Eles caminharam juntos pela mata, lentamente e em paz.

Então, ela se sentou em um banco de madeira, um pouco afastado do caminho principal. Ele se sentou ao lado dela, sempre sem entender por que ela o havia trazido até aquele lugar. O clima de paixão de ainda há pouco estava em suspenso. Primeiro, ela ficou calada e ele também. Ele era um homem que, compulsiva e continuamente, sempre estava fazendo alguma coisa, e por isso ficou surpreso por estar se sentindo tão bem ali, compartilhando com ela o silêncio e a inatividade.

Apesar de os dois estarem completamente vestidos e sentados um pouco afastados um do outro, ele jamais se sentira tão próximo de mulher alguma. Dominic se assustou ao descobrir que esse sentido de intimidade podia chegar antes do sexo. Ela estava fazendo com que ele se perguntasse como seria capaz de retornar a sua vida normal sem ela e, pior que isso, se ele estava mesmo querendo retornar para essa vida normal.

Em meio às sombras das árvores, ele estudou o perfil dela. Sua maquiagem começava a desaparecer. O trabalho do cabeleireiro abria caminho entre seus cachos naturais. Ela sentiu sua atenção e olhou de volta para ele por baixo de seus cílios naturalmente longos. Ele jamais havia visto alguém mais bonita, mas não era o tipo de homem acostumado a dizer palavras floreadas. Ele apenas colocou sua mão sobre a dela.

A paz foi quebrada por uma onda de visitantes que passava pela floresta a uma velocidade vertiginosa, obviamente pensando, como ele havia feito, que esta era a parte menos impressionante do zoológico. Após a invasão, Dominic se sentia desconfortável, sentado ali, se entregando a devaneios sobre Abby, como se fosse um menino doente com sua primeira paixão.

Ele disse:

— Eu não estou vendo veado algum. O que estamos fazendo aqui?

— Espere — respondeu ela. — O veado virá.

— A gente não devia chamar por eles ou algo parecido? — Perguntou Dominic.

Abby deu um sorriso para ele, quase fechando seus quentes olhos castanhos.

— Eles não virão se eu chamar. É isso que é maravilhoso neste lugar. A gente não pode obrigar um veado a aparecer. Nós podemos caçá-los, persegui-los, ameaçá-los, mas os veados só aparecem quando eles têm vontade.

Então, ele teve uma ideia:

— Se você me trouxe até aqui pensando em uma analogia entre minha irmã e essas criaturas tímidas, você, obviamente, se esqueceu das garras de Nicole.

Abby abriu o saco de milho e saiu espalhando grãos em torno deles.

— Sou boa em julgar pessoas. Sua irmã estava assustada.

Ele zombou:

— Chateada é a palavra certa. Não fique pensando que conhece minha irmã só porque a encontrou por alguns minutos. Ela não é um veadinho que vem correndo porque eu joguei a ele alguns grãos de milho.

— Por que você veio a Boston?

A pergunta de Abby o deixou surpreso. Ela havia vindo porque Thomas dissera que o bem-estar de sua irmã dependia de sua presença na leitura do testamento. Ele achou que talvez agora ela tivesse criado juízo e fosse aceitar sua oferta de dinheiro e que quisesse escapar da teia de controle que o pai havia montado para ela.

Abby continuou com seu inquérito:

— Você disse que estava se lixando para o dinheiro, então você veio por causa de sua irmã.

Aquela mulher estava vendo coisas demais.

— E veja só o resultado — resmungou ele. — Esses veados também vão jogar o milho de volta em sua cara, como minha querida irmã fez com minha oferta de ajuda?

Abby pareceu não impressionar-se com a fúria dele.

— Talvez você nunca tenha oferecido a ela a coisa certa.

"Ah! Se isso, ao menos, fosse verdade."

— Eu me ofereci para ajudar financeiramente um monte de vezes. Você escutou o que ela disse. Ela não quer nada meu.

— Eu apenas escutei ela falar que não quer seu dinheiro.

— E que eu sou um irmão ruim — acrescentou Dominic, mostrando desgosto.

— Não, você talvez tenha escutado isso, mas não foi o que ela disse. — A confiança de Abby aumentou.

— Você a viu uma vez e já a conhece assim tão bem?

— E você, que é irmão dela faz tanto tempo, a conhece? — Perguntou ela. — Eu não estou dizendo que tenho todas as respostas, mas, por anos, eu e minha irmã tivemos um relacionamento como o seu com Nicole.

Dominic se lembrou do que havia lido sobre Abby no relatório. Ela havia criado a irmã caçula. O caso delas era bem diferente do seu com Nicole.

— Você e sua irmã vivem juntas. Vocês parecem bem próximas. É bem diferente. Faz muitos anos que eu e minha irmã não temos uma conversa.

Abby girou sua mão, por baixo da dele, e a apertou.

— Até ontem à noite, eu também não. Certo, nós duas vivemos na mesma casa, mas isso só faz a situação ficar pior. Faz com que eu enxergue bem de perto, todos os dias, o quão distantes nós nos tornamos.

— E isso mudou ontem à noite? — Ele ergueu uma sobrancelha, mostrando dúvida.

A expressão de Abby se tornou melancólica.

— Voltamos a nos reconectar. Não estou dizendo que tudo está perfeito, mas está melhor... Está bem melhor. Você e sua irmã podem fazer isso também. Nicole apenas precisa de um tempo e talvez precise também que você se aproxime dela com mais ternura.

Uma pequena corça apareceu entre as árvores, liderando um grupo de seis veados. Eles observavam Abby e Dominic cuidadosamente enquanto mordiscavam os grãos mais afastados e seguros.

O veado maior se afastou do grupo e se aproximou do banco onde eles estavam sentados. Abby procurou em sua bolsa e encheu a mão com grãos de milho, premiando-o. Os outros animais seguiram o exemplo do primeiro e, de repente, o banco foi rodeado por veados famintos. Abby colocou um pouco de milho na mão de

Dominic. Ele a estendeu e ficou surpreso com a delicadeza daqueles frágeis animais, enquanto eles comiam. E se sentiu ainda mais surpreso ao experimentar a sensação de triunfo pelos veados estarem confiando nele o suficiente para deixarem que seus pequenos filhotes também se aproximassem do banco. Abby o olhou com uma expressão de verdadeiro prazer.

— Isto não muda nada. Você escutou o que ela disse. Ela não quer nada meu — disse ele.

Abby simplesmente deu mais milho a ele.

— Quem você está tentando convencer, você ou eu?

O toque do celular de Dominic assustou alguns veados. O celular tocou outra vez, mas ele não o pegou.

Abby se voltou para ele enquanto o toque do celular não fazia senão aumentar:

— Você não vai atender?

Ele deveria. Jake não estaria ligando se não fosse um assunto urgente. Dominic buscou o celular no bolso de sua calça jeans e o abriu.

— Corisi — disse, se mostrando impaciente.

— Estamos com um problema — anunciou Jake. — Você precisa voltar para Nova Iorque o mais rápido possível.

— Isso é um problema — respondeu Dominic. — Eu só vou voltar na próxima semana.

Jake não deixou se convencer por sua recusa.

— Eu acabei de desligar o telefone com um contato que temos na Agência de Promoção do Investimento chinês. Ele diz que você ofendeu o Ministro do Comércio. Você faltou o encontro, o ministro perdeu a face e está duvidando de seu *guanxi*.

— Meu o quê?

— Seu relacionamento pessoal com ele. A confiança mútua entre vocês dois. Sei lá. Eu não consigo consertar isso sem você aqui. Você tem de deixar o que está fazendo e sair correndo para Pequim a fim de se encontrar pessoalmente com o ministro, esta semana mesmo, ou o projeto não vai em frente.

Pequim era o último lugar aonde Dominic queria ir. Ele ainda não se sentia preparado para retornar a sua vida anterior. Ele queria mais uns dias de vida simples com Abby. Sem pressão. Sem expectativas. Com ela, estava descobrindo quem ele era para além de toda sua raiva e ambição e estava gostando do homem que via refletido nos olhos dela.

— Esse contrato vai beneficiar a eles tanto quanto a nós. O que eles estão querendo ganhar? — A voz de Dominic revelava sua frustração continuamente crescente.

— Nós não prestamos a devida atenção à importância que os chineses dão às relações pessoais. Eles não vão fazer nada até você ir lá falar com eles. Nosso contato disse: "Ao contrário dos impacientes... nós temos todo o tempo do mundo." Nós não podemos ter este projeto parado. Nossos investidores estão começando a ficar estressados.

Um grupo de crianças viu o veado que continuava junto de Abby e Dominic e veio gritando na direção deles.

— Que bagunça é essa, Dominic? Onde você está?

— No zoológico — respondeu ele, ausente.

Jake emitiu um grunhido, concordando.

— É o que está parecendo. Onde você está? Na porta de uma loja de brinquedos, ou algo parecido?

— Não, eu estou mesmo no zoológico.

Abby deu de ombros sem mostrar arrependimento algum e continuou escutando a conversa com indisfarçável curiosidade.

A voz de Jake subiu uma oitava.

— Um zoológico mesmo, desses com animais dentro de jaulas?

— Existem de outro tipo?

— Hu! — Por um momento, isso deixou Jake perplexo. Dominic quase podia ouvir o que ele estava pensando: "Nossa! Isso é pior do que eu havia imaginado!" — Ok. Então, dê o resto dos amendoins para os macacos e corra para o aeroporto. Enquanto nós conversamos, seu avião está sendo reabastecido em Logan.

Dominic jamais teria tido sucesso se ele não houvesse aprendido a se adaptar rapidamente a novas situações. Ele se voltou para Abby e perguntou:

— Você gostaria de conhecer Pequim?

Ela abriu a boca, surpresa.

— Você está querendo dizer Pequim, na China? Eu não tenho um passaporte.

Dominic falou de novo para Jake, se levantando e puxando Abby, para que ela se levantasse também:

— Eu vou sair de Boston dentro de uma hora. Quero um passaporte em nome de Abigail Dartley quando chegar em Nova Iorque e todos os documentos de que eu vou precisar. Avise Duhamel para que ela viaje na frente e prepare a bagagem para dois. Ela sabe do que estou falando. Voaremos para a China hoje à noite.

— Você vai levar sua diarista? — Perguntou Jake, incrédulo.

— Faça o que estou mandando. — Dominic desligou o telefone. Ele segurou a fria mão de Abby apesar de ela querer se esquivar. Fazia todo o sentido levá-la, e retornar à ação estava fazendo ele se sentir mais calmo, mais no controle da situação.

Abby resistiu, ficando parada no mesmo lugar, enquanto ele tentava puxá-la ao longo do caminho. Ela fincou os saltos dos sapatos até obrigá-lo a se voltar e olhar para ela.

Como aquela mulher era teimosa.

— Eu não posso viajar para a China. Eu tenho responsabilidades aqui. Lil ainda está doente... — disse Abby, apressada.

Dominic afastou suas preocupações.

— Duhamel mandou uma babá para ajudá-la durante o dia de hoje, enquanto você estava comigo. Basta dizer a ela para ficar mais tempo.

Simples assim. Ele tentou de novo que ela caminhasse, mas Abby continuava imóvel.

— China? Eu não posso ir... Nem sequer tenho uma escova de dentes — argumentou Abby. A mão dela se liberou da dele, mostrando que ela não estava tão confiante como parecia.

— Nós podemos comprar tudo o que você precisa. Agora, venha — disse Dominic, num tom de voz que fazia homens de negócios importantes correrem para a ação e a maior parte das mulheres obedecer a ele.

Mas ela não fez nenhuma dessas coisas.

— Eu não posso... — repetiu ela, não se intimidando com o tom de voz dele.

Não era hora de ela mostrar sua adorável teimosia. Era uma urgência. Ele estava com pressa. Dominic já havia decidido que não viajaria para a China sem ela. No entanto, precisava admitir que dar ordens a ela não era eficaz.

— Eu quero que você vá. E você sabe que você também quer ir. Apenas dessa vez, não seja aquela moça que sempre faz tudo certo.

— China? — Perguntou ela, bem baixinho, como estivesse tentando se lembrar sobre o quê eles estavam conversando.

Dominic se inclinou para beijar os lábios que ela havia umedecido. Ela respirava rápido e seus seios excitados roçaram o peito dele. Era o melhor "sim" que ela poderia lhe dar. Os dois tremiam de desejo e ele já pensava na longa viagem de avião que tinham pela frente.

NOVE

A lgumas horas mais tarde, Abby estava sentada em um longo sofá forrado de pelúcia, em uma das salas do avião particular de Dominic. Na viagem entre Boston e Nova York, Abby havia tido tempo para explorar todo o interior do jato, mas ainda se sentia impressionada com tudo aquilo. A decoração era supermoderna e de muito bom gosto, em tons de verde. Havia vários quartos, uma sala de ginástica, um chuveiro, uma pequena sala de cinema e até mesmo uma jacuzzi. Abby não tinha a mínima ideia de por que um avião precisava ter jacuzzi. Mas se antes ela não tinha dúvidas de que Dominic era muito rico, agora ela tinha certeza.

Ela jamais havia viajado de avião e toda essa aventura estava lhe parecendo surreal. Gostaria de poder partilhar com alguém o que estava vivendo, mas Dominic estivera falando ao telefone durante todo o tempo, dando ordens a seus funcionários em dois continentes.

Abby tinha amigos, porém nenhum teria acreditado se ela tentasse lhes explicar sobre os últimos dois dias de sua vida. Apenas Lil sabia e havia gritado de entusiasmo quando Abby lhe contou que estava viajando para o exterior com Dominic. Lil estava adorando a babá que a Sra. Duhamel havia contratado para ajudá-la e se sentia super feliz por Abby estar finalmente vivendo sua vida.

Abby gostaria de estar segura de haver feito a escolha certa. Uma coisa era passar o dia com um homem que ela mal conhecia, outra coisa era viajar com ele para o exterior. Ela nem sabia onde eles iriam ficar, quem ela iria conhecer ou quando retornaria para casa.

Ela sentia vontade de se levantar e ir lá perguntar; no entanto, toda a equipe de Dominic estava trabalhando em ritmo de crise. O próprio Dominic respondia a questões sobre assuntos tão complexos que isso fazia Abby se sentir minúscula.

Como ela poderia pedir que ele encerrasse o telefonema com o Presidente dos Estados Unidos para dar a ela o itinerário da viagem? Como ela poderia interromper um senador para perguntar em que hotel eles ficariam?

Durante a curta parada em Nova Iorque, Dominic ficou sentado em uma mesa de reuniões examinando o conteúdo de várias pastas com Jake, um homem que Dominic apresentou a ela rapidamente e depois levou bem para longe.

Ela estava escutando apenas partes da conversa, mas não o suficiente para poder entender por que eles precisavam viajar para Pequim com tanta urgência. Abby escutou eles falarem que os responsáveis chineses só negociariam com Dominic e que os governos dos dois países estavam confiando nele para resolver a situação.

O terno um pouco antiquado de Jake e seu cabelo cortado de maneira bem conservadora faziam Dominic parecer ainda mais bonito e selvagem, em suas roupas informais.

Quando a Sra. Duhamel chegou, seguida por um homem que carregava várias malas, Abby ficou de pé e se juntou a ela.

— Eu coloquei a maioria das bagagens no porão, mas é uma viagem longa e eu pensei que você gostaria de ter uma camisola e alguns produtos de toilette para quando você for tomar banho. E trouxe também roupa para você usar amanhã, quando acordar. Com a mudança de fuso horário, vocês vão chegar lá de tarde, na hora deles.

— Obrigada, Marie. — Abby não estava certa sobre o que devia responder a ela.

— Eu dei seu passaporte para Dominic — informou a Sra. Duhamel.

— Eu não deveria estar com ele? — perguntou Abby.

A Sra. Duhamel deu de ombros em vez de oferecer uma desculpa para o acontecido.

— Onde você quer que ele coloque sua bagagem?

Voltando a ser cautelosa, Abby pediu para o moço colocar as malas em um dos vários quartos para convidados, muito fáceis de serem identificados se comparados à suíte master. Ela sentiu que Dominic a observava enquanto estava dando essa indicação. Quando seus olhos encontraram os dele, sentiu um arrepio de antecipação percorrer suas costas. Ela podia colocar sua bagagem onde ela quisesse, mas sabia que, logo mais, ela iria dormir ao lado dele.

A ideia era tão tentadora quanto assustadora, e lhe deixava a boca seca. Certo, por um dia, ela estava querendo sair de sua vidinha previsível e sóbria, mas estava sendo arrastada para um mundo que ela não controlava e que era bem mais aterrorizante do que viajar para o exterior pela primeira vez.

Será que eles achariam que ela era muito louca se ela pedisse desculpas educadamente, fugisse agora e fosse correndo pegar o primeiro táxi? Os olhos dela focaram a porta aberta e, depois, Dominic, que estava tenso, embora ela não houvesse feito movimento algum para chegar à porta do avião.

Ele se levantou da cadeira e ficou junto a ela. A Sra. Duhamel se desculpou e foi se sentar ao lado de Jake, na mesa de reunião.

Será que ele não lia mesmo seus pensamentos?

Dominic cutucou seu queixo delicadamente com um dedo, até ela encontrar seus penetrantes olhos cinzentos.

— Jake está achando que eu sequestrei você. Agora você vai sair correndo por aquela porta e confirmar para ele que eu estou completamente doido?

— Não — respondeu ela, com menos certeza do que ela gostaria.

A mão de Dominic deslizou pelo pescoço dela, acariciando a tensão dos ombros de Abby.

— Você não parece ter certeza.

Os medos de Abby desapareceram.

— China! Até hoje eu nunca havia viajado de avião. Eu não sei qual é seu trabalho nem que pessoas nós vamos encontrar por lá. — As mãos dela estavam tremendo. — Eu não sei qual é meu papel nessa viagem. Eu sou um tipo de diversão que você mantém escondida e usa para a pândega nos intervalos de suas reuniões de negócios?

— Pândega? Alguém ainda fala essa palavra? — Zombou ele.

Ela ficou com raiva e seus olhos se encheram de lágrimas.

— Não zombe de mim, Dominic. — Ela se voltou para pegar sua pequena bolsa, a única coisa que era verdadeiramente sua em todo aquele lugar, com a intenção de seguir seu instinto inicial e sair agora mesmo dali enquanto ainda era possível. — Eu sabia que isto era um erro.

A arrogância de Dominic vacilou.

— Fique — pediu.

Abby deu um passo na direção da saída.

— Eu não sou um cachorro e eu não gosto de receber ordens.

Ele deu um passo para ficar junto dela.

— O que é preciso para você ficar?

Abby se sentiu aterrorizada ao se lembrar de uma conversa parecida que eles haviam tido um dia antes.

— Eu juro por Deus, Dominic, se você sair me oferecendo dinheiro, eu bato em você.

Ele colocou as mão para cima, se defendendo, divertido, mas sua expressão era bem determinada quando ele falou:

— O que você quer, Abby? Fale.

Vendo as coisas assim, o pedido dela iria parecer ridículo, mas alguma coisa estava lhe dizendo que esse era um momento crucial para os dois. Ela podia manter seu orgulho, esconder seus medos e evitar aquela conversa desagradável, mas se ela fizesse isso, iria perder a chance de se sentir um pouco parte do mundo dele.

— Eu preciso saber por que você está querendo que eu vá.

O pedido dela o trouxe de volta à terra.

— Não entendo o que você está pedindo.

Ela se encheu de coragem.

— É apenas sexo? Se for só isso, e correndo o risco de estar criando um inconveniente para você, eu prefiro ficar em solo americano e nós nos encontramos uma outra vez, quando você voltar de sua viagem.

Os olhos cinzentos de Dominic ficaram escuros e ele colocou as mãos dentro dos bolsos de sua calça jeans. Ela havia sido muito direta? Ele ficaria aliviado se ela fosse embora agora?

Ela já quase desistira de receber uma resposta quando ele falou bem baixo, a contragosto:

— Sim, eu quero você. Ter você em minha cama é a única coisa em que consigo pensar desde que eu a conheci, ontem. Mas...

— Mas? — Repetiu ela.

Ele passou a mão por seus cabelos em desalinho, mostrando toda sua frustração.

— Você me acalma, também.

Isso era bem mais do que ela estava esperando.

— Eu acalmo você? — Definitivamente, não era nada disso que ele fazia com ela.

— Eu consigo pensar direito quando você está por perto. Por isso eu preciso levar você comigo nesta viagem.

Estar junto dela o ajudava naquela semana difícil? Aquilo não era exatamente uma declaração romântica, mas ela não esperava que ele pudesse lhe dizer nada do gênero. Havia muita sinceridade em suas palavras simples. Ele estava precisando dela! Havia sido uma revelação de humildade.

Enquanto ela pensava nas palavras dele, a frustração de Dominic foi crescendo.

— Escute, se você não tem vontade de ir, diga agora. Duhamel pode conseguir um lugar de primeira classe para você no próximo voo para Boston. Eu não sei como vão se passar as negociações em Pequim. Não vamos estar de férias. Podemos ficar algumas horas ou uma semana inteira. Eu vou estar ocupado na maioria do tempo. É uma loucura pedir a você que me acompanhe.

De repente, Abby sentiu que saber o nome do hotel onde eles iriam ficar não era mais importante. Dominic a queria junto dele. Só isso era importante. Ela colocou sua bolsa de novo sobre o sofá atrás dela e se voltou para ele, suas inseguranças haviam sido substituídas por confiança. Ela significava alguma coisa para Dominic e ele estava conseguindo falar sobre isso.

— Ok, eu vou com você.

Ele pareceu estar com vontade de esmagá-la em seus braços mas, em vez disso, deu apenas um leve aceno com a cabeça e franziu os lábios em um sorriso.

— Ótimo, por que eu não estava certo de conseguir deixar você ir embora.

Abby pegou Jake e a Sra. Duhamel fascinados, observando ela e Dominic conversando. Mas eles não se sentiram culpados nem desviaram o olhar. Abby decidiu se divertir um pouco.

— Estou certa que Sr. Walton providenciaria rapidamente um transporte para eu poder voltar para casa, se eu pedisse.

Um brilho desafiador iluminou os olhos de Dominic.

— Ele não se atreveria.

— Você é um verdeiro homem das cavernas, Dominic — zombou Abby.

— Você está reclamando? — Ele chegou mais perto dela e sua voz era suave como veludo.

Ela se colocou na ponta dos pés e segredou no ouvido dele:

— Na verdade, acho bem sexy.

Ele agarrou o rosto dela com as mãos, mas ela foi mais rápida e conseguiu escapar e se juntar aos outros, que observavam, divertidos.

Talvez ela estivesse fazendo tudo errado. Em vez de deixar se arrastar pela corrente, talvez ela devesse pegar seu próprio remo.

— Marie, por favor, você pode me dar uma cópia do itinerário e guias de viagem? Eu gostaria de visitar alguns lugares enquanto Dominic está tendo suas reuniões de trabalho.

Jake se ofereceu:

— Se você precisar de um guia, Abby, eu posso ir com você. Eu conheço bem a cidade.

Dominic ficou visivelmente tenso com a oferta de Jake e isso deu uma ideia para Abby. Algumas vezes ele se levava a sério por mais, e não seria ruim se ela se divertisse um pouco às custas dele. Ela deu uma piscadela cúmplice para Jake e a Sra. Duhamel.

— Mas isso é ótimo! — Disse ela. E se surpreendeu por sua voz soar tão séria quando ela perguntou: — Você reservou uma suíte, Marie? Se houver um quarto extra, Jake pode ficar com a gente.

Dominic a segurou por um cotovelo, seu rosto mostrava que ele ainda não havia entendido a piada:

— Eu não vou estar tão ocupado assim.

Seu toque enviava a Abby uma onda de paixão que quase a fez balançar. Ela tentou disfarçar sua reação dando uma risada.

— Estou brincando, Dominic.

Então, ele entendeu que Jake estava se divertindo às suas custas. E sua risada profunda se fez ouvir na pequena sala.

— Dom, eu acho que dessa vez você encontrou a mulher certa. Ela não está nem um pouco assustada com essa tensão em sua mandíbula — disse Jake.

Até mesmo a Sra. Duhamel riu.

— Ela não é perfeita? Eu sempre achei que ele estava precisando de alguém com coragem para enfrentá-lo.

Dominic praguejou em voz baixa, mais isso só fez os outros rirem ainda mais.

— Cuidado, nós temos um longo voo pela frente — falou ele bem baixo, só para Abby escutar, e percorreu as costas dela com seus dedos vigorosos, fazendo-a sentir arrepios por todo o corpo.

Abby estava se sentindo corajosa. Ele não podia fazer muito mais do que isso enquanto a Sra. Duhamel estivesse ali, olhando os dois. Ela riu e disse a ele, carinhosa:

— Promessas! Promessas!

Ele se voltou para ela, fazendo cara feia. Abby sentiu aquele calor já familiar lhe invadir o estômago, sabendo que ela poderia mudar a expressão dele apenas com um toque. O poder da atração que estavam sentindo um pelo outro era inebriante. Jake fechou sua pasta e deu um aceno de aprovação para Abby.

— Dom, estou vendo porque você não queria voltar para Nova Iorque.

Dominic olhou seu mais direto colaborador e pareceu se alegrar com alguma coisa que estava pensando.

— Jake, eu preciso que você faça uma coisa para mim enquanto eu estou no exterior.

— Do que você precisa? — Perguntou Jake, em um tom calmo de homem acostumado a resolver facilmente qualquer situação inesperada.

— Eu preciso que você fique tomando conta de Lil, irmã de Abby.

A Sra. Duhamel fez um discreto sinal a Dominic, se oferecendo para ser ela a fazer isso. Mas ele mandou que ela ficasse quieta, apenas com um gesto de sua mão.

— Dê a Jake toda a informação de que ele vai precisar.

Jake tentou se esquivar:

— Dom, você não acha que eu sou bem mais útil ficando no escritório de Nova York?

Abby acrescentou:

— Dominic, você já fez muito. Você já contratou uma babá em tempo integral para Lil.

Mas Dominic não deixou espaço para mais recusas.

— Jake, eu vou ficar bem mais tranquilo sabendo que a irmã de Abby está sendo cuidada por uma pessoa de minha confiança. — Ele se inclinou e murmurou parra Abby, com inesperada malícia: — Além do mais, Jake tem verdadeira fobia de bebês. Isso vai fazer bem para ele.

— Isso é... — falou Abby, dando um sorriso.

Dominic completou o que ela estava dizendo, com bastante ternura, na orelha dela:

— Exatamente o que ele está merecendo.

DEZ

Abby estava enroscada por baixo de um cobertor, olhando as nuvens passando ao lado da janela do avião. As luzes da cidade haviam desaparecido e agora eles estavam por cima do Atlântico. Ela trazia o cinto de segurança apertado, mas a suavidade do voo a fazia esquecer que estava viajando para bem longe de sua casa e de seu país. Bem longe de tudo o que ela conhecia.

Ela estava achando fascinante assistir Dominic falar ao telefone com os líderes mundiais. Ele explicava, gritava, ameaçava, mas jamais se desculpava; e pela maneira como ele ficava satisfeito quando cada telefonema terminava, ela podia imaginar que ele não precisava fazer aquilo.

Ele esticou os braços para trás, ficou de pé e olhou em volta.

— Venha aqui — disse.

Cada centímetro do corpo de Abby queria obedecer aquele comando mas, em vez disso, ela alisou o cobertor no colo e protestou:

— Eu acho que a gente já concordou que eu não sou um cachorro.

Ele sorriu. Ela sabia que ele gostava que ela não saísse correndo para obedecê-lo. Ele era um caçador e ficaria decepcionado se sua presa viesse correndo para ele.

— Venha aqui — repetiu ele em um tom rouco.

Ruth Carde.

Ela balançou a cabeça em negativa e tentou esconder o quanto estava se divertindo com a situação. A temperatura da sala subiu, junto com a cor do rosto dele. Esses pequenos jogos o excitavam demais e ela estava descobrindo que isso também acontecia com ela. Abby não resistiu a falar:

— Eu acho que você deveria vir aqui.

Um impasse sexual. Quem cederia primeiro? Quem percorreria o caminho que separava os dois?

Abby fez seus sapatos deslizarem lentamente de seus pés, como ela imaginava que uma verdadeira stripper faria. E deixou cada um deles cair no chão com um som suave. Sem nunca desviar seus olhos dela, Dominic descalçou seus tênis, puxando-os pelos calcanhares. Deliberadamente, seus movimentos eram lentos.

Abby tirou as meias, devagar, enrolando-as direitinho e colocando-as dentro de seus tênis e depois olhou, ousada, para Dominic. Se alguém tivesse dito a ela que apenas tirar as meias poderia aumentar daquela maneira uma sofisticada tensão sexual, ela não teria acreditado. No entanto ela sentiu sua respiração ficar presa na garganta quando Dominic tirou as dele e as colocou junto com os tênis. Quando ele se endireitou, seus olhos estavam flamejando de paixão. Eles se queriam e isso era algo palpável.

Obrigando-se a manter aquele ritmo dolorosamente lento, erótico, Abby puxou sua camiseta marrom para fora de sua calça jeans, a despiu pela cabeça e depois a jogou no chão, a meio caminho entre os dois. Era gostoso sentir o ar frio do avião através da renda branca e fina de seu sutiã. Seus mamilos endureceram contra o tecido fino da pequena peça de roupa e a respiração ofegante de Dominic se ouvia por cima do ruído do motor do avião.

Dominic despiu sua camiseta e a jogou sobre a camiseta de Abby. Quando ele estava vestido, Abby podia imaginar seu glorioso torso, bastante musculoso. Mas agora, sem camisa, ela possuía uma visão completa do poderoso homem que estava na sua frente. Ele era bem másculo e, pelo menos por hoje, era todo dela.

Abby se levantou. Ela pensou que estava ganhando enquanto despia sua calça jeans. Ele pareceu dar um passo em sua direção, mas logo ficou parado. Ela se liberou da calça e a jogou na pilha de roupa que estava no chão.

Agora se sentia feliz por ter tido tempo para comprar um tipo de lingerie que fazia se sentir confiante de calcinha e sutiã na frente dele. Ela se sentia linda e, em sua mente, agradeceu à Sra. Duhamel por tê-la levado naquele maravilhoso spa. Jamais se sentira tão feliz por sentir seu corpo mimado e cuidado.

Dominic jogou sua calça no monte com um pouco de impaciência. Sua cueca de algodão não escondia o efeito que a sessão de striptease de Abby havia provocado em sua libido. Ver a excitação dele só aumentava o desejo de Abby.

Suas respirações irregulares se sincronizaram como se fizessem parte de um antigo ritual de acasalamento. O corpo de Abby ansiava pelo corpo de Dominic com uma urgência que ela jamais havia sentido. E sempre achara exagerada quando escutava falar dela. Sua pele estava arrepiada em antecipação. Seu corpo, úmido de desejo. E, surpreendentemente, os olhos de Dominic chispavam de poderoso desejo.

O impasse se manteve até que Abby segurou um de seus seios e começou a massagear o mamilo com o polegar.

Dominic caminhou até junto dela, a pegou no colo e sugou seu seio. Abby enrolou suas pernas em torno da cintura dele, desejando tirar o restante das roupas, mas adorando a sensação de ele estar se roçando em sua calcinha úmida.

Suas bocas se encontraram em um beijo febril.

Ele segurou sua bunda com as duas mãos e a roçou contra seu corpo até ela se contorcer de desejo. Sem esforço algum, ele a carregou no colo até a suíte master, sem interromper o beijo, mesmo quando precisou abrir a porta.

Ele a colocou no meio da cama e ela ficou ali, um pouco zonza. Aonde ele estava indo? Ele não podia levá-la até ali e parar em seguida.

Com um sorriso malicioso, ele abriu uma gaveta e encontrou o que Abby sabia que eles precisavam, mas, em seu entusiasmo, havia esquecido. Ele tirou a cueca e entregou um pequeno pacote metálico a ela. Dominic se colocou diante de Abby, como um herói conquistador, esperando ser atendido e ela, desta vez, nem brigou com ele.

Ela era uma mulher moderna. Já havia lido muitos artigos em revistas que falam em como tornar estes momentos ainda mais memoráveis. Ela só nunca havia ficado com um homem que a fazia ter vontade de experimentar essas técnicas.

Ela pegou o pacote de papel alumínio e se arrastou até o lado da cama, demorando deliberadamente, tendo plena consciência do efeito que tal espera tinha sobre ele. O corpo dele tremeu quando ela deslizou a camisinha em seu sexo e o acabou de colocar usando a boca. Ele gemeu e rolou na cama com ela, a prendendo sob seu corpo. Suas mãos experientes estavam por toda parte, removendo a calcinha de Abby, em busca de seu centro molhado. Os dedos dele brincavam dentro e fora do sexo dela, acariciando-a em um ritmo alucinante, fazendo o corpo dela arquear e deixando-a ofegante.

Seus corpos se fundiam, sem líder e sem seguidor. Os dois se davam e recebiam, eles pediam tudo e também ofereciam tudo. Cada um procurava as carícias exatas para fazer no outro, sem controle, e compartilhavam o prazer mútuo com entusiasmo.

— Venha — chamou Dominic, e desta vez ela não protestou. Onda após onda, o calor a envolvia. E quando ela pensava que já nada mais poderia acontecer, ele deslizou o sexo dentro do corpo dela e o prazer recomeçou.

Eles rolaram na cama e ela ficou por cima. Ele a guiou, fazendo-a subir e descer, até que os dois compartilharam o orgasmo. Ela deixou seu corpo cair sobre o dele, sem vergonha e plenamente satisfeita.

Abby encaixou seu corpo bem junto do dele, embaixo das cobertas. Os braços fortes de Dominic quase não a deixavam se mover e Abby achava isso gostoso.

Ela beijou impulsivamente o peito dele e falou:

— Eu acho que um pouco de pândega no meio de suas reuniões de trabalho vai ser bom.

Ele riu e a apertou mais em seus braços, enquanto sua respiração ficava mais profunda e relaxada e ele caía no sono.

Em outras circunstâncias, Abby teria se sentido ofendida por ele haver adormecido tão rápido, mas a Sra. Duhamel havia lhe contado o quanto estava preocupada porque Dominic quase não dormira durante a última semana. Isso parecia já não ser um problema.

Ela se aconchegou mais ao corpo de Dominic e lembrou-se do que ele havia dito. Ela o acalmava. O coração de Abby ainda batia rápido em seu peito enquanto pensava nos dias que passariam juntos e então ela se perguntou se ele saberia que tinha o efeito contrário sobre ela. Abby jamais se sentira tão desperta.

ONZE

No outro dia, pela manhã, dois 4x4 pretos e uma limusine estavam esperando no aeroporto particular de Pequim onde eles aterrizaram. Quando Abby desceu do avião para o sol quente daquele dia, ela agradeceu pela Sra. Duhamel haver pensado em tudo. Tinha tomado um banho e estava confortavelmente vestida com uma calça azul, de um tecido bem leve, e uma blusa creme.

Quatro homens grandões, dois americanos e dois chineses, saudaram Dominic quando ele saiu do avião. Dominic apresentou Abby a eles. Ele e os homens apertaram as mãos de maneira bem informal, mas eles não pareciam homens de negócios ou amigos. Cada mão que apertava a de Abby parecia ainda maior que a outra. Eles todos se vestiam de uma maneira bem simples, com terno preto e camiseta branca.

Abby escutou Dominic dando instruções:

— Eu fiz uma lista com todos os lugares que ela pode visitar, mas você não pode jamais perdê-la de vista. Se ela quiser conversar, você conversa. Se ela quiser que você desapareça, você desaparece, mas jamais deve ficar a mais de dez passos de distância.

— E na suíte, senhor?

— Quando eu não estou lá, pelo menos um de vocês fica dentro, e os outros do lado de fora, junto da porta. Quando eu estiver, vocês desaparecem.

— Entendido, senhor.

Abby se sentiu tão desconfortável como um turista novato que não sabe se deve ou não dar uma gorjeta para o porteiro.

— Dominic, você acha mesmo que é necessário tudo isso?

Ele a olhou, tão confiante quanto em Boston, e mais uma vez Abby se lembrou do quão pouco conhecia dele e de seu mundo.

— Eles estão aqui para sua segurança e minha sanidade. Tem gente que vai querer usar você para tentar influenciar as negociações.

Ela juntou as mãos na frente do corpo.

— Me usar? — Perguntou ela, com voz fraca.

Seu amante da noite anterior está agora sendo difícil de reconhecer naquele homem bastante sério que explicava para ela:

— Tarde demais para voltar para casa, Abby. Já viram você comigo. Você e sua irmã estão sob minha proteção enquanto tudo isso não estiver resolvido.

Os guarda-costas estavam assistindo e Abby sabia que essa não era a melhor ocasião para reclamar que ela nem sabia o que estava fazendo ali. A vontade que tinha era de dizer a ele que sua segurança pessoal não havia sido mencionada quando a havia convidado para viajar. E talvez a vigilância constante e aquela espécie de prisão domiciliar tivessem feito ela pensar duas vezes antes de acompanhá-lo nesta aventura. Ela gostaria de dizer muitas coisas a ele, se estivessem só os dois e se a expressão de Dominic não dissesse a ela que aquele tópico estava fora de discussão.

"Ao menos, por agora", pensou ela.

— Sei — disse Abby, olhando de novo para os guarda-costas. Provavelmente, eles estavam com tanta vontade de vigiá-la quanto ela própria gostava da ideia de ter aqueles quatro homens a seguindo a toda hora. Ela tentou viver o melhor possível com isso. — Pessoal, eu espero que vocês, pelo menos, saibam jogar pôquer.

Ruth Cardello

Os homens riram e isso definiu qual o clima que existiria entre eles e Abby. Ela não iria lhes causar problemas nem se portar feito uma menina mimada, como com certeza eles já haviam tido de suportar no passado.

Dominic ficou um pouco mais relaxado e seus olhos se iluminaram com renovado interesse.

— Você joga pôquer?

Havia anos que ela não jogava, mas ainda se lembrava bem de como fazer isso. Um de seus tios a ensinara e, por um tempo, quando era mais jovem, ela havia sido conhecida como uma jogadora bastante feroz.

— Sim — respondeu ela, acrescentando maliciosamente: — Mas apenas com seu dinheiro.

Ele jogou a cabeça para trás e riu, surpreendendo a todos os que o rodeavam. Os guarda-costas olharam dele para Abby e de novo para ele. O choque era evidente. Será que eles nunca tinham visto ele rir antes?

O motorista segurou a porta da limusine e perguntou:

— Hotel Internacional, senhor?

Dominic colocou uma das mãos nas costas de Abby e a conduziu suavemente para o carro.

— Não dessa vez, Scott. Eu reservei uma suíte no Aman, no Palácio de Verão.

O motorista ficou um pouco surpreso.

— Esse hotel está a mais de trinta minutos do centro de negócios, senhor.

Talvez Dominic tivesse alguma intimidade com o motorista porque ele estava tendo mais paciência com ele do que com outras pessoas na véspera.

— Estou ciente da localização.

O motorista olhou Abby e sorriu antes de fechar a porta e falar:

— Ah, estou vendo, senhor.

Dominic se inclinou para Abby e ela perguntou:

— O que ele estava querendo dizer com isso, Dominic?

Ele pareceu ficar mais desconfortável com essa pergunta do que com todas as outras a que precisou responder em seus telefonemas de trabalho.

— O Aman é na zona turística da cidade. Fica num edifício bem antigo e de arquitetura tradicional chinesa. O Palácio de Verão e seus jardins ficam ao lado.

O prazer era visível no rosto de Abby.

— Você o escolheu para mim.

A parte de trás do pescoço de Dominic ficou um pouco vermelha. Abby adorava ver como um homem feito ele ainda era capaz de corar, pelo menos em se tratando dela.

— É um bom lugar para você. Vou acompanhá-la para ver os principais locais de interesse, mas você pode explorar os jardins através da entrada privada do Aman e até mesmo alugar um pequeno barco, se você quiser.

Abby agarrou o braço dele.

— Obrigada.

Dominic a puxou para bem perto e a beijou longamente.

— Eu não vou ao hotel com você. Você precisa se registrar sozinha. Tem gente me esperando agora mesmo e eu preciso ir, mas volto no fim da tarde. — Havia muita promessa naquele beijo. — Cedo. — Ele acrescentou.

Uma segunda limusine apareceu para levá-lo.

Os olhos de Dominic escureceram, possessivos.

— Fique longe de encrenca.

Abby deu um sorriso para ele.

— Em que encrenca eu posso me meter com esses quatro gorilas me cercando?

— Eu tenho certeza de que você consegue descobrir alguma. — Ele se voltou para o motorista. — Telefone para mim ao menor problema.

— Está certo, senhor.

Dominic deu um último beijo em Abby, saiu da limusine dela e entrou na sua. Abby ficou ali sentada, sentido que tudo aquilo era um pouco irreal.

Ela mudou de lugar e foi se sentar no banco mais perto da janela que separa os passageiros do motorista.

— Faz muito tempo que você conhece ele, Scott?

Scott dirigia em meio a centenas de carros, mas respondeu:

— Há muitos anos que Dominic é um de meus clientes.

Abby sentiu que estava faltando alguma informação. Alguma coisa não estava encaixando bem.

— Você está querendo dizer de seu serviço de limusines?

Scott a olhou através do espelho.

— Na verdade, eu sou o presidente e fundador da empresa de segurança Luros Systems.

Abby arregalou os olhos. Ela já havia ouvido falar daquela empresa, não era nova e sem importância. O homem que estava dirigindo sua limusine era, pelo menos, milionário.

— E você dirige limusines? — Ela não conseguiu evitar a pergunta.

— Normalmente, não — respondeu ele. — Mas Dominic me pediu esse favor pessoal.

— Então, você está aqui para organizar a segurança das negociações dele?

— Não — respondeu Scott, parecendo não estar certo se devia passar esse tipo de informação para ela. Mesmo assim, ele respondeu um pouco irritado: — Ele deu um outro trabalho para nós.

Abby inclinou a cabeça a um lado, o interrogando com o gesto.

— Você — respondeu Scott simplesmente.

DOZE

— Eu sabia que isso não era uma boa ideia — disse Scott quando o homem que estava sentado do seu lado esquerdo saiu derrotado.

Abby não iria recuar agora; ela estava ganhando de todos eles. "Obrigada, Tio Phil", ela agradeceu em pensamento. Ela não só havia aprendido a manter seu rosto sério como sempre tinha sorte no carteado.

Um já estava derrotado e os outros dois iam pelo mesmo caminho. Sentada à mesa de jantar da delicada sala de sua suíte, onde estavam jogando pôquer, Abby deixou escapar um sorriso.

— Jamais deixe que vejam seu medo, Scott. — Ela se voltou para o homem que estava do seu lado e falou: — Pago para ver sua Escolha de Restaurante e suba a Escolha de Atividade.

— Esse lance está alto demais para mim — respondeu ele, mostrando suas cartas.

Scott era bom jogador, mas tinha subestimado as capacidades de Abby no pôquer. Quando ela havia sugerido que eles jogassem, ele dissera que não se sentiria bem tirando dinheiro dela. Então, Abby havia proposto resolverem esse problema sem dinheiro, apostando outras coisas, como o direito de escolher o restaurante onde iriam comer ou que atividade fazer depois. Ele achou que um dos três homens ganharia dela e concordou que Abby escrevesse os papéis com as apostas em vez de usarem dinheiro.

Nenhum deles imaginara que ela seria capaz de ficar com aquele enorme monte de cartas. Ficaram todos gemendo de dor quando viram a mulher tirar a carta Escolha de Filme. Agora a coisa era entre Abby e Scott, um contra o outro, o vencedor levava tudo. Ela compôs seu rosto para revelar o mínimo possível.

Scott falou:

— Pago para ver sua Escolha de Atividade e subo a aposta com Uma Hora de Silêncio.

"Você nem imagina", disse ela em pensamento, embora soubesse que eles haviam criado aquele papel respondendo a um outro, escrito por ela, e que exigia Uma História Infantil.

— Eu pago para ver sua Escolha de Atividade e subo a aposta com Uma Excursão Não Autorizada.

— Você não vai a nenhum lugar que não esteja na lista, Abby — avisou Scott, em um tom que provavelmente iria dissuadir os outros argumentos dela.

— Achei que você estava com uma boa mão, Scott. Mas você parece estar com medo de eu ganhar. — Ela ergueu uma sobrancelha para ele.

— A lista foi feita por alguma razão, Abby. Escreva outro papel e o coloque aqui, esse não é válido.

Abby passou um dedo, levemente, pela borda do cartão. Ela não tinha nenhum lugar proibido em mente, mas os últimos dias reavivaram um lado dela que Abby pensava haver desaparecido juntamente com seus pais. Ela não iria mais se esconder da vida. Não fazia ideia do que isso significava com relação a Dominic ou a seu retorno a Boston, mas ali e naquela hora, significava vencer quando as chances estavam contra ela.

— Ok, se você acha que uma simples professora pode vencer vocês três, então mostre seu jogo agora e eu rasgo esse papel.

— Não faça isso, Scott — aconselhou um dos outros.

— Ela está blefando — disse outro.

— Dominic ficaria furioso — acrescentou Scott, tentando fazê-la recuar.

Abby subiu o lance:

— Não tenho medo de Dominic. — Ela segurou o queixo com uma das mãos e sorriu docemente para seu oponente: — Você tem?

Por um momento, Scott fez uma cara séria, e então respondeu a ela, mostrando o quanto a admirava:

— Abby, o que todo mundo fala é que Dominic é completamente desligado. Eu mesmo concordava com isso até vir para cá, mas agora eu mudei de ideia. Eu gostaria de ter conhecido você primeiro.

Abby corou um pouco, mas ela sabia reconhecer uma manobra de diversão quando via uma.

— Sua lisonja, apesar de simpática, não vai fazer com que eu rasgue esse papelzinho. Isso é uma ruga em sua testa? Estou vendo que já ganhei. Vamos, admita.

Todos seguraram a respiração enquanto Scott tentava se decidir entre o orgulho e o bom senso. Ele mostrou suas cartas com uma confiança prematura, anunciando:

— Full House!

Os olhos de Abby mostravam sua alegria enquanto ela colocava suas cartas sobre a mesa:

— Uma boa mão, Scott. Porém, não o suficientemente boa — disse ela, feliz. — Acho que você foi derrotado por quatro rainhas.

Ela estendeu as mãos e apanhou todos os papelzinhos das apostas e os colocou junto com o enorme monte que já possuía. Ficou lendo cada um deles por algum tempo e depois escolheu o que dizia Escolha de Excursão e o mostrou para os três homens. O mostrou alegremente a cada um deles, enquanto eles se deixavam cair em suas cadeiras, como se tivessem sido atingidos mortalmente.

— Vocês sabem o que isso quer dizer? — Sua voz saiu com um pouco de presunção.

— Pedalinhos — responderam os três homens, em coro.

Ela levantou outro papelzinho, saboreando sua vitória:

— E este?

— Você ainda tem algum filme sobrando? — Um dos guarda-costas perguntou.

— A Sra. Duhamel me deu muitos — respondeu Abby. — Só preciso me decidir entre Meg Ryan e Sandra Bullock. Pessoal, vocês não choram fácil, né? Acham que eu preciso pedir uma caixa extra de lenços?

Ela sabia que devia parar, mas estava se divertindo muito. Os homens pareciam bem infelizes.

Scott lhe mostrou outro papel.

— E o que você acha disto? — Perguntou ele.

Por um momento, o clima ficou sério. Ela sabia que Dominic havia escrito aquelas instruções tendo em mente a segurança dela e, apesar de haver sido bastante divertido ganhar, ela não faria nenhuma bobagem. Abby balançou a cabeça.

— Eu não preciso ir a lugar algum. Mas foi bem divertido ganhar de todos vocês.

Ele colocou a carta no bolso de seu paletó, bem mais aliviado, mas não querendo demonstrar isso a ela. Os homens ao lado dele balançaram suas cabeças, em aprovação, e Abby ficou sabendo que havia ganhado o respeito deles. Ela não estava querendo colocá-los em perigo ou lhes causar problemas. Seu objetivo havia sido inofensivo, ela só queria se divertir um pouco.

No entanto, Abby se perguntava o que eles fariam se ela houvesse pedido para ir num dos lugares que Dominic não havia colocado na lista. Algo estava lhe dizendo que aqueles homens nem sempre eram tão simpáticos. Eles estavam sendo agradáveis com ela porque era isso que Dominic havia mandado que eles fizessem e, como muitas outras pessoas do mundo dele, eles o obedeciam sem questionar.

Por esse prisma, o passeio de pedalinho pareceu a Abby um pouco cruel. Ela se lembrou de como eles haviam se mostrado confiantes em vencê-la no pôquer e mordeu o lábio, dando um sorriso de troça. Agora ela estava dando o troco.

— Eu vou mudar de roupa. Acho que a locadora está aberta até às cinco horas — anunciou ela alegremente, ao que eles responderam com gemidos desesperados.

As paredes do hotel deviam ser bem mais finas do que eles estavam acostumados porque Abby ficou ouvindo a conversa dos guarda-costas enquanto tiravam a mesa. Um deles falou:

— Eu não estou acreditando que você contou para ela o que as pessoas falam sobre Dominic.

Outro homem, mais velho, acrescentou:

— E eu não estou acreditando que você disse a ela que gostaria de tê-la conhecido primeiro. Se Dominic ficar sabendo, você pode dar adeusinho para sua empresa. Acha que a brincadeira vale esse risco?

— Quem disse que eu estava brincando? — Perguntou Scott.

— Não faça nenhuma burrice, Scott — avisou um deles.

— Eu não disse que ia fazer. Eu apenas falei aquilo que vocês dois também estavam pensando e tiveram medo de dizer em voz alta. Ela é uma mulher incrível.

Abby encostou suas costas contra a porta, sabendo que devia parar de escutar a conversa deles, mas ela simplesmente não conseguia. Ela buscava escutar mais do que elogios. Em um momento de descuido, eles poderiam revelar alguma informação sobre o objetivo da viagem.

— Você acha mesmo que eles só se conheceram esta semana?

— Walton me colocou para seguir Dominic desde que o pai dele morreu. É verdade — disse Scott, e Abby sufocou um suspiro involuntário com suas mãos.

— Você acha que Dominic sabe que você já estava na cola dele quando pediu para acompanhá-lo nesta viagem? — Abby se sentiu desconfortável ouvindo um dos homens fazer em voz alta a pergunta que estava ecoando em sua própria cabeça.

— Tenho certeza absoluta de que ele nem desconfia — respondeu Scott, confiante.

— Você continua enviando relatórios para Jake? — Um dos guarda-costas perguntou.

Houve um longo silêncio e no final Scott respondeu a contragosto:

— Sim.

— Caraca! Ele nos mata se ficar sabendo.

O som de pés se arrastando foi seguido pelo que poderia ter sido a batida de um corpo contra uma parede. As mãos de Abby estavam tremendo, mas ela não conseguia se afastar. Precisava escutar o restante da conversa deles.

— Ele não vai ficar sabendo. — A voz de Scott saiu fria, como a de um homem que sabe o que diz.

— Eu não quero ser enterrado em um campo de arroz chinês — disse um dos homens.

— Cale essa boca! — Mandou Scott, num tom de voz bem baixo, como se ele houvesse se lembrado de que Abby estava no quarto ao lado. — Ninguém vai contar para ele. Vocês dois têm tanto a perder com isso quanto eu. Jake não está fazendo nada para prejudicar Dominic. Ninguém vai contar para ele. Então, parem de ficar preocupados.

Abby se afastou da porta. De repente, ela já não estava tão certa sobre o que iria fazer naquele dia.

Parando na parte mais alta da Ponte dos Dezessete Arcos, Abby se inclinou entre dois leões de pedra branca e ficou olhando o calmo lago Kunming no longo corredor que serpenteava em torno de suas margens. A passagem coberta a havia levado desde a entrada leste do Jardim de Verão até ao Barco de Mármore, onde ela havia tomado o Ferry Dragão para a pequena ilha atrás dela. O peso de seus pensamentos tinha reduzido o prazer de caminhar por baixo das milhares de pinturas antigas. Ela parou em cada um dos pavilhões das estações do ano ao longo do caminho, mas nem mesmo a beleza deles havia sido capaz de prender seu interesse.

O arco da sorte número nove. Ela poderia usar um pouco daquela sorte hoje. Na China, nove é um número masculino e poderoso; nove simboliza fortuna e segurança, e estava naquela ponte que muita gente dizia que, a distância, sua vista parecia um arco-íris mágico.

Como Dominic havia mandado, Scott e seus homens se mantiveram um pouco afastados quando ela disse a eles que sua cabeça doía, no entanto, sua presença constante lembrava a ela o quanto realmente era vulnerável. Eles estariam suspeitando de que ela escutara suas conversas? E se eles suspeitavam, até onde estariam dispostos a ir para impedi-la de revelar o segredo?

Ela precisava contar para Dominic. E precisava contar rápido, mas não imaginava como ele reagiria. Ela mal o conhecia. O estômago de Abby dava voltas, enquanto ela pensava em tudo isso, sentido-se desconfortável.

Em que gênero de negócios ele estaria envolvido? Por tudo o que sabia, era ilegal e Jake estava reunindo as provas que ele poderia usar em sua própria defesa quando os federais os apanhassem.

Os criminosos não discutiam seus planos com funcionários do governo. Discutiam?

Sim, discutiam, quando esses próprios funcionários também estavam envolvidos no negócio ilegal.

Quando um dos guarda-costas falou que Dominic os mataria, estaria falando em sentido figurado, sobre suas carreiras, ou estava falando mesmo em assassinato? Será que ela queria mesmo descobrir a verdade estando em um país estrangeiro, sem dinheiro, sem passaporte e sem amigos para ajudá-la se a situação ficasse complicada?

Ela precisava ter seguido seus instintos e saído do avião em Nova Iorque. Agora, poderia estar em sua vidinha de sempre.

"Segura. Chata. Meio morta. Mas meio morta é bem melhor que completamente morta."

Abby estremeceu e colocou uma de suas mãos sobre o pescoço de um dos leões de pedra. "Hoje, estou precisando de um pouco de sua proteção", pediu ela em pensamento.

Tanto fazia que a resposta estivesse vindo daquele deus antigo ou de sua própria alma. O resultado era o mesmo. Ela decidiu confiar em Dominic e que iria contar a ele tudo o que sabia quando ele voltasse ao hotel. "O medo jamais voltará a governar minha vida."

Uma mulher baixinha, chinesa, saiu da multidão de turistas que visitava o lugar e se aproximou de Abby. Ela falou em um inglês com bastante sotaque:

— Me desculpe, senhorita Dartley?

Antes mesmo que ela pudesse se voltar completamente, Abby sentiu seus guarda-costas se aproximando e se posicionando ao redor dela.

— Sim — respondeu Abby, surpresa por aquela mulher saber seu nome e se perguntando se ela era alguma funcionária do hotel. Dominic teria enviado uma mensagem para ela?

— Zhang Yajun gostaria de tomar um chá com a senhora no bar de seu hotel — disse a mulher chinesa, fazendo uma pequena mesura com a cabeça.

Abby procurou ajuda da única pessoa de confiança que estava por perto:

— Scott?

Ele avaliou a situação e rejeitou o risco.

— Ela é uma das mulheres mais influentes da China. Eu acho que construiu sua fortuna com negócios imobiliários e essências alimentares. Creio que não há problema de você encontrá-la em um lugar público.

— Eu não... — Abby ia começar a discordar, mas parou de repente. Se essa viagem era mesmo o início de sua nova vida, então estava na hora de ela começar a agarrar novas oportunidades quando elas apareciam. Quantas pessoas tinham a chance de encontrar uma das mulheres mais influentes da China?

— Dá tempo de eu me trocar? — Perguntou Abby à mulher.

— Ela já está esperando você — respondeu a chinesa, um pouco encabulada. — Ela apenas pede alguns minutos a você.

Um chá parecia algo bem inocente. Se alguém está querendo nos sequestrar ou ameaçar nossa vida, essa pessoa não sai nos convidando para beber um chá, não é mesmo? Será que ela deveria ligar para Dominic e contar para ele aonde ela estava indo? Nesse momento ele devia estar se reunindo com o Ministro do Comércio. Ela iria parecer louca se telefonasse a ele para contar que estava indo se encontrar com uma mulher que, provavelmente, queria apenas conhecer a moça que Dominic havia escolhido para acompanhá-lo naquela viagem.

— Me mostre o caminho — pediu Abby, acariciando o leão de pedra pela última vez.

O salão de chá do hotel estava lotado, mas Zhang Yajun se destacaria em qualquer multidão. Sua confiança ofuscava, apesar da simplicidade de seus cabelos pretos e lisos, na altura do ombro, e de sua blusa branca de botões. Ela estava sentada em uma mesa, num dos cantos da sala, e parecia não se sentir incomodada com o interesse que despertava nos homens a seu redor.

Ela se levantou enquanto Abby atravessava a sala. Seu olhar era bem direto, quase um pouco rude. Aquela mulher era o oposto do estereótipo da mulher asiática dócil que Hollywood mostrava para o mundo. Ela cumprimentou com um aceno de cabeça e não com uma mesura. Fez um gesto, convidando Abby a se sentar à pequena mesa. Abby se sentou, aceitando o chá que a outra mulher serviu a ela.

— Que bom que você veio — exclamou Zhang em um inglês perfeito, embora um pouco empolado. Seu sotaque revelava que ela havia estudado na Europa e não nos Estados Unidos.

— Seu convite é uma honra — respondeu Abby com sinceridade. Quem não gostaria de conhecer uma mulher que havia conquistado poder e dinheiro em um país ainda dominado por homens?

— Você está sendo uma surpresa para muita gente, Abigail Dartley — afirmou Zhang, ambígua.

— Como assim? — Perguntou Abby.

Zhang olhou em torno da sala, seus olhos pousaram brevemente em cada um dos guarda-costas de Abby.

— Dominic não tem o costume de misturar negócios e prazer. É verdade que faz pouco tempo que você o conheceu?

— Há quanto tempo eu o conheço é importante? — Retrucou Abby. "Por favor, não a deixe afirmar que isso determina a quantia do pedido de resgate. Por favor. Por favor.", pensou a moça.

Mas, em vez disso, a mulher perguntou:

— Você sabe o que ele está fazendo aqui?

"Dizer a verdade vai liberar você."

— Não, para falar a verdade, não sei, não.

Zhang entrelaçou seus dedos e escolheu suas palavras com cuidado.

— Dominic juntou alguns investidores bem grandes e pediu para o Ministro do Comércio abrir o mercado tecnológico da China para a Corisi Enterprises. Quando esse contrato for assinado, a internet revolucionará toda a China. Algumas pessoas estão comentando que haverá um computador em cada casa, antes mesmo de existir uma lavadora.

— Vocês não têm internet? Eu vi uma porção de computadores aqui no hotel e no posto de turismo. — Apesar de o edifício ser bem antigo, o hotel estava equipado com tudo o que era associado a luxo e comodidade.

— Sim, nós temos, mas não na escala que Dominic está propondo. Ele criou um software e uma network que suportam o enorme tráfego que nosso país vai produzir se todos se conectarem.

— Isso está me parecendo muito bom para ambas as partes — disse Abby, se sentindo bastante aliviada por descobrir o que Dominic estava fazendo ali.

A expressão de Zhang se mostrou um pouco impaciente.

— Sim, mas computadores não são minha maior preocupação, e eu já falei isso para o ministro. Há outras empresas que fazem a mesma coisa que a empresa de Dominic e que são até capazes de fazer melhor o que precisa ser feito. Eu sempre fui contra o ministro assinar o contrato com Dominic até que eu ouvi falar de você.

— De mim? — Perguntou Abby, uma vez mais se sentindo um pouco como Alice no País das Maravilhas. Como ela poderia estar desempenhando um papel em um negócio internacional? — Eu acho que você está errada a respeito de minha importância junto a Dominic. Eu não tenho qualquer influência sobre os negócios dele. Para ser sincera, até você me contar, eu não sequer sabia que tipo de negócio ele estava fazendo aqui.

Essa declaração não impediu Zhang de continuar.

— Quando um homem mudo fala a primeira palavra, todo o mundo escuta.

Abby balançou a cabeça e deu de ombros, indicando que estava confusa.

Zhang não parecia ser uma daquelas mulheres preocupadas em que os outros entendessem o que dizia, e naquele momento não parecia disposta a fazer isso.

— Quando um homem implacável, faminto de poder, escolhe uma professora de ensino médio e a coloca sob sua proteção, como um tesouro raro, todo mundo olha.

— O que você quer de mim? — Perguntou Abby, cortando a verborragia da outra mulher, mas prometendo a si própria que refletiria sobre aquilo mais tarde.

Uma ligeira admiração fez Zhang abrir um pouco mais os olhos antes de ela rapidamente voltar a compor sua expressão.

— É melhor que eu lhe mostre, mas não hoje. Dominic já deixou o centro de negócios e está vindo para cá. Venho buscar você amanhã.

— E se eu não quiser ir com você?

Zhang sorriu, porém Abby adivinhou que a curva de seus lábios revelava desagrado com a pergunta. Ela não achou graça no questionamento. A experiência de Abby com outras culturas lhe deu forças para superar as diferenças entre ela e Zhang.

— Está no seu direito, mas Dominic colocou a maior parte da fortuna dele nesse negócio. Ele pode perder tudo de repente e só eu e você saberemos o que esteve por trás da inesperada decisão do ministro. E se eu fosse você, não contava nada disso para ele. Ele não vai acreditar em você.

— Ele não tem razão alguma para não acreditar. — Porém, quando Abby disse isso, ela própria teve dúvidas. Eles se conheciam fazia pouco tempo e ele poderia questionar o envolvimento dela em seus assuntos. Ela não passara um dia inteiro observando o caráter dele?

Os olhos escuros de Zhang brilharam, ameaçadores.

— Você pode fazer o que quiser, mas sem minha ajuda vai precisar telefonar para casa pedindo dinheiro para viajar de volta aos Estados Unidos.

— Eu não acho certo ter segredos em relação a ele — rebateu Abby, sem jeito, se perguntando se a outra mulher estaria percebendo seu nervosismo. Ela não conseguia se comportar de maneira espontânea. Como uma bola de neve rolando montanha abaixo, sua ansiedade ia sempre aumentando. Ir encontrar Zhang havia sido uma ideia tão má quanto ficar escutando Scott e seus homens atrás da porta do quarto de hotel.

— Não considere isso um segredo. — Zhang acrescentou. Então ela se levantou, pagou ao garçom e fez um sinal a Abby para continuar sentada. — Você estará ajudando seu homem se ele souber; uma atitude bastante nobre de milhões de mulheres desde que nós os tiramos das cavernas. Venho pegar você às dez horas da manhã.

Os homens que estavam ali, no salão de chá, ficaram olhando Zhang sair, como se ela fosse uma celebridade intocável. A multidão abria alas para deixá-la passar. Tal como Dominic, Zhang existia em outro mundo, completamente diferente, um mundo que tinha suas próprias regras e expectativas.

Abby passou o dedo no delicado desenho de sua xícara. Scott e seus homens se mantinham, um pouco impacientes, em áreas estratégicas da sala. Como ela, eles se diferenciavam bastante dos frequentadores habituais, no entanto, felizmente, uma mesa de turistas ingleses reclamava da falta de comida para acompanhar o chá e suas vozes chamavam a atenção de todos os clientes.

Abby se sentia fora do lugar no mundo de Dominic, mas ela também não se considerava uma turista. Ela sabia tão pouco sobre fusões internacionais quanto aqueles ingleses sabiam de cultura chinesa, porém ela não tinha outra opção senão se envolver nos negócios de Dominic. Ela viajara para a China porque Dominic precisava dela, certo? Hoje, ela havia entendido que precisava ajudá-lo de maneira mais profunda, e não apenas emocionalmente. Ela não podia deixar que o medo dominasse novamente sua vida. Dominic jamais respeitaria uma mulher que saísse correndo para o aeroporto ao primeiro sinal de problema. Não, ela precisava ser forte como Zhang.

Esse pensamento a inspirou. Uma mulher como Zhang não deixaria que um guarda-costas a intimidasse. Nenhum obstáculo poderia existir entre Zhang e alguma coisa que ela quisesse muito.

Do outro lado da sala, Scott apontou para o relógio em seu pulso e fez sinal para que ela terminasse seu chá. Abby fez uma careta para ele. Ela não iria embora enquanto não decidisse se, no dia seguinte, iria ou não acompanhar Zhang. Ela se serviu de mais uma xícara e ignorou o olhar irritado que Scott dirigiu a ela.

Abby chamou o garçom. Ela precisava de outro bule de chá.

TREZE

Nessa noite, quando Dominic voltou para a suíte do hotel, ficou estudando o rosto dela por um longo momento, então olhou para os guarda-costas que estavam saindo rapidamente.

— Você me parece cansada — disse ele.

Ela poderia ter dito exatamente a mesma coisa sobre ele, mas suas respostas sarcásticas se derreteram perante a preocupação sincera que se estampava no rosto dele.

— Estou ótima — respondeu ela, mal conseguindo se conter para não contar a traição de Scott e a decisão que ela própria havia tomado na sala de chá.

— Eles deixaram que você visitasse lugares demais — disse ele rispidamente enquanto tirava a gravata. Então, atirou a peça nas costas de uma das cadeiras da sala de jantar, colocou o paletó sobre ela, se espreguiçando, aliviado. Ele caminhou para junto de Abby, sem nunca desviar o olhar. Ela ficou sem saber se também deveria caminhar para encontrá-lo ou se seria melhor ficar esperando por ele. Em um momento eles se olhavam com saudade reprimida e no outro ela já estava se sentindo estreitada contra o corpo dele, trocando aquele beijo de boas-vindas à casa que sempre havia sonhado. Primeiro os lábios dele estavam pedindo, depois, exigindo. Os lábios dela se abriram, provocando. Ele interrompeu o beijo e descansou sua testa contra a dela, sua respiração irregular.

— O que você andou fazendo hoje?

Abby balançou a cabeça, clareando suas ideias. Ela não era capaz de pensar direito quando estava perto dele. Ela sabia que precisava lhe contar, mas como?

— Andei visitando os jardins do Palácio de verão. A Ilha do Sul é linda — disse ela, tentando ganhar tempo.

Ele segurou as costas dela, obrigando Abby a olhá-lo bem nos olhos.

— Scott deveria saber que isso seria exagerado logo no seu primeiro dia na cidade.

— Foi ótimo, Dominic — respondeu ela, tendo se liberado do ciclone de culpa que a estava invadindo. Como ela podia ter duvidado dele? Claro que ele precisava manter uma imagem perfeita no mundo dos negócios, mas o homem que agora a estava olhando com tanta ternura jamais fizera qualquer coisa para assustá-la.

— Tem uma coisa que eu preciso contar para você — disse ela, logo se sentindo gelada. As palavras não saíam de sua boca. O que ela deveria contar em primeiro lugar? "Dom, eu acho que os guarda-costas que você contratou para mim, por acaso, andam vigiando você." Ou deveria começar com o tema negócios? "Você está pensando que suas negociações estão indo bem, Dom, e apesar de eu não saber nada sobre seus negócios, amanhã eu vou encontrar uma pessoa importante e tentar ajudar você."

Controlando seus nervos, ela disse apenas:

— Ganhei deles no pôquer.

Dominic deu um sorriso. Ele acariciou suavemente o queixo dela com um dedo e falou:

— Jamais duvidei de você.

Abby desejou de todo o coração poder dizer a mesma coisa sobre ele. Durante todo o dia ela havia deixado se levar pela situação e por sua imaginação excessiva. Estava na hora de colocar de lado todos esses medos ridículos e simplesmente dizer o que precisava ser dito.

— Dominic... — começou ela, mas logo se esqueceu do que falava quando ele aspirou o aroma do cabelo dela como se fosse algo por que ele havia esperado durante o dia inteiro. Todos os pensamentos coerentes de Abby a abandonaram quando Dominic deslizou as mãos por seu corpo, com toda a delicadeza de um amante atencioso.

— Não tem problema se você estiver se sentindo muito cansada — sussurrou ele em seu ouvido —, mas eu preciso abraçar você.

Ela podia contar para ele na manhã seguinte.

Ele a carregou até ao sofá e a sentou em seus joelhos, prendendo a cabeça dela sob seu queixo. Ela envolveu o torso dele em seus braços e deixou que a batida do coração dele a acalmasse. Esse era o Dominic que ela havia vislumbrado em seu primeiro encontro. Os olhos cinzentos dele se tornavam negros sob o peso de seus pensamentos. Ela o abraçou mais forte, em busca de palavras que aliviassem um pouco de sua carga, em vez de adicionar ainda mais preocupações a ele.

— Seu dia foi tão ruim assim? — Perguntou ela, seus lábios contra a seda da camisa dele.

Dominic devolveu o abraço, suspirando contra o cabelo dela.

— As negociações, você quer dizer? Não, não estou preocupado com isso. Eu tenho o toque de Midas nos negócios. O problema é que sempre falho em todo o resto.

Abby levantou a cabeça e simplesmente ficou olhando Dominic, esperando, feliz por não ter dito nada. Ele se abria com ela de uma maneira que Abby jamais imaginara que algum dia pudesse acontecer. Ela sabia que, provavelmente, isso não duraria para sempre, como ela também sabia que tudo iria acabar quando ela contasse a ele as novidades. Dominic ficou olhando a parede atrás dele, como se olhá-la nos olhos fosse bem mais difícil do que ele queria admitir.

— Nicole está dizendo que tem um plano para contrariar o testamento de meu pai, mas não diz o que é. Ela me contou que prefere perder toda a herança, caso precise aceitar minha ajuda.

— Ela se parece muito com você — disse Abby suavemente, e logo encontrou os olhos cinzentos dele fitando-a. Ela levantou a mão em sinal de trégua, tentando apaziguar a tensão evidente no rosto dele. — Ela é orgulhosa, Dominic, e está sofrendo. O que você faria no lugar dela?

Um leve sorriso triste franziu os lábios dele.

— Eu teria jogado a oferta de volta em minha cara e teria fundado minha própria empresa.

— Como você fez com seu pai? — Perguntou ela.

Abby sentiu o corpo de Dominic ficar tenso.

— Não é a mesma coisa. Eu não sou como meu pai.

— Eu sei disso, Dominic — murmurou ela, apesar de não saber muito sobre todo aquele assunto. Ela se perguntava o que o pai dele havia feito de tão grave para merecer uma repulsa tão grande de seu único filho. Ela sentiu a raiva nos músculos dele e soube que havia tocado em uma ferida emocional antiga, mas ainda aberta.

— Conte para mim — pediu ela suavemente.

Dominic respirou fundo e a puxou contra ele novamente. No começo ele não falou nada. Havia intimidade em sua respiração partilhada e quieta, como a que acontece no sexo quando os corpos de dois amantes se separam. Abby jamais havia sentido uma ligação assim, nem mesmo em suas relações que haviam durado anos. Estar se sentindo tão ligada a um homem que ela conhecia havia menos de uma semana mexia com sua alma.

Quando finalmente ele falou, sua voz soou vazia, como se ele estivesse se distanciando da história que contava.

— Eu não conheci muito bem meu pai. Ele trabalhava o tempo todo. O tempo todo. Ele nos prendia, minha mãe, eu e Nicole, em uma mansão nos Hamptons. Estou falando prendia porque era assim que nos sentíamos. Ninguém falava nada e ninguém tocava em nada naquela casa sem antes pedir licença para ele. Exceto Thomas, quando ele visitava a gente. Ele era a única pessoa que sempre questionava as decisões de meu pai. Eles haviam frequentado a mesma escola quando eram crianças e Thomas jamais deixou o sucesso de meu pai intimidá-lo.

— E você o admirava por isso. — Ela falou o óbvio, querendo que ele soubesse que havia entendido.

Dominic deu um profundo suspiro de desgosto, dentro de seu peito.

— Sim, eu o admirei até que ele nos deixou, como todo mundo, quando minha mãe desapareceu.

— Desapareceu? — Um arrepio de medo percorreu as costas de Abby.

— Sim, a investigação formal concluiu que ela abandonou nossa família. A polícia disse que ela deixou um bilhete dizendo que estava se sentindo infeliz e pedindo para ninguém procurá-la, mas eu jamais acreditei que ela tivesse ido embora sem dizer adeus para mim ou para Nicole. Jamais vi aquele bilhete. E duvido até hoje de sua existência. — Dominic acariciou, ausente, o braço de Abby.

— Seu pai não procurou por ela? — Abby não podia imaginar a dor de não saber o que havia acontecido. Ela havia sofrido muito com a morte de seus pais, mas passar toda a vida se perguntando o que havia acontecido com a mãe ou se ela simplesmente havia fugido e por que, era bem pior.

A mão de Dominic parou de acariciar seu braço.

— Meu pai disse que ela teria uma vida bem mais longa se ele jamais a encontrasse. Eu acreditei nele. Ele possuía um temperamento bem agressivo. Mas eu não podia aceitar que minha mãe não quisesse ficar comigo e com minha irmã e, apesar do que meu pai dizia, eu precisava saber onde ela estava. Um dia, meu pai me deu um ultimato, eu precisava parar minha busca ou perderia o direito a sua herança. Naquela noite, eu saí da casa dele.

A última dúvida de Abby sobre o caráter de Dominic se desfez em aquele momento. A Sra. Duhamel estava certa quando avisou a ela de que não deveria julgá-lo só por sua aparência. Ele havia deixado tudo para trás a fim de buscar sua amada mãe. Esse tipo de devoção era bem rara.

— Onde você foi morar? — Perguntou Abby, querendo saber o restante da história.

— Fiquei morando na casa de uns amigos por alguns dias, mas isso deixou de ser uma opção quando a notícia da mudança de minha situação financeira se espalhou. Meu pai achou que me obrigaria a desistir se me deixasse sem saída, porém sua interferência só me deixou mais determinado em descobrir o que havia acontecido com minha mãe.

— E Thomas não ajudou você — adivinhou ela. Abby ficou imaginando uma versão bem mais jovem daquele homem orgulhoso que estava agora diante dela pedindo ajuda para a única pessoa em que confiava e sendo abandonado mais uma vez. Seu coração ficou apertado. Dominic tremia e isso fez os olhos de Abby se encherem de lágrimas. A voz dele estava um pouco emocionada quando ele falou:

— Eu supliquei a ele para me ajudar, mas ele disse que algumas coisas deveriam continuar como estavam. Talvez ele estivesse com medo de meu pai ou talvez ele não ganhasse nada ficando muito próximo de um escândalo. Não sei. Depois que eu saí da casa de meu pai, só voltei a encontrá-lo no dia da leitura do testamento.

— Você não encontrou sua mãe? Não acredito que seu pai jamais tenha sido obrigado a provar que ela continua viva.

O rosto de Dominic mostrou desprezo.

— O dinheiro o fez ser intocável. Pelo menos era nisso em que ele acreditava, mas eu o estava obrigando a quebrar. Se meu pai não tivesse morrido, eu o obrigaria a falar a verdade.

— Você acha mesmo que ele fez alguma coisa ruim com sua mãe? — perguntou Abby. Suas mãos tremendo.

— Ele era capaz de enormes crueldades nos negócios e ele quase sempre esquecia de deixar essa crueldade no escritório. — Dominic segurou a mão de Abby e a beijou suavemente. — Quando eu era jovem, achava que esse tipo de raiva era normal; achava que era o preço que a gente precisava pagar para vencer e ficar no topo.

— Oh, Dom... — Abby não estava sendo capaz de segurar as lágrimas e elas rolaram por seu rosto e molharam a camisa dele. Ele secou aquelas lágrimas com um toque bem suave e incomum em um homem poderoso como ele, e isso só fez Abby chorar ainda mais. Ela já tinha vistos alguns homens ficarem chateados ou impacientes com suas lágrimas, mas Dominic era o primeiro que a tratava como uma criatura delicada e preciosa a quem ele simplesmente queria confortar. Como ela havia podido duvidar dele? As lágrimas por Dominic se transformaram em lágrimas de vergonha e continuavam a molhar sua camisa. Ele não estava nem um pouco preocupado com as manchas que a maquiagem dela deixava em sua roupa. Permitiu que ela chorasse baixinho, encostada nele, afastando suavemente o cabelo do rosto dela. O coração de Dominic batia forte em seu peito. Quando ela ficou mais calma, ele disse:

— Não gaste suas lágrimas comigo, querida. Você não sentiria toda essa ternura por mim se soubesse metade das coisas que eu fiz para chegar onde estou hoje.

Abby fungou e levantou a cabeça.

— Todos nós carregamos arrependimentos, Dominic. Só o hoje é importante. As opções que vamos fazer a partir de hoje é que nos definem.

Ele enrolou um dos cachos dos cabelos dela em seu dedo.

— Você está fazendo isso parecer bem fácil, Abby, mas você não me conhece. Eu vivi com raiva por tanto tempo que não sei mais como é viver sem isso. Minha irmã está certa, você precisa fugir de mim, não basta ir embora. Eu sempre destruo todas as coisas bonitas em que toco.

Abby segurou o rosto dele em suas mãos, obrigando-o a olhar para ela.

— Nós nos conhecemos faz pouco tempo, Dominic, mas eu sei uma coisa. Você não é tão ruim quanto acha. A Sra. Duhamel não o trataria como o filho que ela nunca teve se você fosse o monstro que está me dizendo que é.

Dominic se mexeu, desconfortável.

— Quando você olha para mim desse jeito, eu quase acredito que posso virar o homem que você pensa que eu sou. Mas não é tão simples, eu acho. As pessoas não se redimem tão rápido assim.

Abby puxou a cabeça dele para baixo e murmurou junto aos lábios dele:

— Eu acredito que elas conseguem.

Ele gemeu junto aos lábios dela e a beijou levemente enquanto travava uma batalha interior. Ele a segurava pelos ombros, como se estivesse com medo de que ela fugisse.

— Que coisa muito errada você já fez, minha querida?

Abby deixou cair suas mãos sobre o colo. Essa era a ocasião perfeita para contar a ele que estava lhe escondendo informações um pouco por medo e um pouco por egoísmo.

"Conte a ele."

E se Zhang estivesse certa e Dominic não acreditasse nela? Estaria preparada para perdê-lo nessa mesma noite? Abby abriu a boca para contar para ele toda a verdade, mas parou vendo a expressão dos olhos dele. Quando eles pousaram sobre ela, escuros de emoção, ela imaginou que ele se preparava para fazer uma declaração de algum tipo.

"Vou contar a ele. Preciso apenas de um pouco mais de tempo."

Ela disse:

— Fiz tudo errado depois que meus pais morreram. Eu achei que Lil iria se sentir mais segura se parecesse que eu sabia o que estava fazendo. Mas quando Lil mais precisava de mim, em vez de escutá-la, eu brigava com ela e julgava-a. Eu a tratei como se ela fosse incapaz de decidir sozinha. Minhas ações destruíram sua autoconfiança e isso só piorava as coisas quando ela fazia bobagem. E eu a estava empurrando para esses erros. Agora eu entendo isso. Se eu não o tivesse conhecido, eu poderia tê-la perdido. Preciso pensar que ainda tenho uma segunda chance para consertar as coisas... Para fazer tudo certo.

Ele enterrou o rosto no pescoço dela.

— Nossa, você me assusta.

Ela olhou para ele, surpresa.

— Pensei que você havia me dito que eu o acalmo.

Dominic a ajeitou melhor sobre suas pernas e ficou calado, passando a mão pelos cabelos, frustrado.

— Fui egoísta fazendo você viajar comigo para a China. Eu não quero que você pense...

Apesar de estar sentindo seu coração apertado de medo, ela se aproximou e o fez se calar com um dedo. "Sou bem crescidinha. Faz tempo que não acredito em 'felizes para sempre.'"

— Está tudo ok, Dominic...

Ele segurou a mão dela e fez uma careta.

— O que está ok, exatamente?

Ela soltou a mão e se obrigou a olhar em seus olhos tempestuosos.

— Você não precisa se preocupar, eu não vou fazer uma cena quando nós estivermos voltando aos Estados Unidos. Eu não vou me arrepender desta viagem, Dominic, aconteça o que acontecer quando do nós voltarmos para casa. — E era verdade. Precisava ser verdade.

O rosto dele ganhou uma expressão mais obscura ainda, não mostrando o alívio que ela esperava ver ao falar aquilo. O incrível ego masculino! Ele acha certo avisá-la de que aquela viagem era apenas uma aventura sem importância, mas não acha certo que ela aceite isso?

" Você achava que eu cairia a seus pés e pediria para você ficar comigo, Dominic? Você tem muito a aprender sobre as mulheres Dartley", pensou Abby, embora tenha dito algo diferente:

— Tome isso como um elogio, Dominic. Você é o homem com quem eu vou comparar todos os meus relacionamentos futuros.

Ele a segurou pelos braços e a fez ficar imóvel diante dele com um toque suave, que contrastava com a dureza de seus olhos. Parecia que ele queria dizer alguma coisa.

Por um momento Abby ficou com esperança. Ele poderia estar sentindo ciúmes só de imaginá-la com outro homem? O coração dela saltou de emoção dentro do peito.

"Como seria ser amada por um homem intenso como Dominic? Não, para. Dominic é o homem da transição, a inspiração para aguentar a vida real. Homens como Dominic não são de uma só mulher. Ou são?"

Ele era diferente de todos os outros homens que ela havia conhecido. Todos os outros teriam cedido à pressão financeira e emocional do pai. Mas Dominic não havia permitido que os ultimatos do pai impedissem sua busca pela mãe, nem mesmo quando ele ficou sabendo que perderia sua herança. Isso já dizia tudo sobre a força de seu caráter. O sucesso financeiro que ele havia conquistado depois revelava uma tenacidade que Abby admirava. Dominic havia corrido atrás de seus sonhos, sem olhar para os riscos.

No entanto, ele quereria o gênero de vida de que Abby precisava? Ela ansiava pelo aconchego de um casamento como o de seus pais. Ficava difícil imaginar aquele homem a ajudando a planejar a festa do primeiro aniversário do filhinho deles. Como alguém como ela poderia se encaixar na movimentada vida de Dominic?

Ela colocou uma das mãos, suavemente, sobre o peito dele e logo se desconcentrou quando sentiu seus músculos duros.

— Você não precisa falar nada, Dominic. Eu sou muito grata a você por essa viagem.

— Eu não quero sua gratidão — murmurou ele, puxando-a contra ele e deixando poucas dúvidas sobre o que queria.

Talvez ele não a amasse, mas ele a desejava. Não havia como negar a urgência da excitação que ela sentia por baixo da calça dele.

Ela duvidava até mesmo que Dominic soubesse o que o futuro reservava a eles quando chegassem aos Estados Unidos.

"Então, pare de ficar pensando no depois e curta o agora", pensou ela.

Ele podia não ser dela para sempre, mas era dela nessa noite. Abby desabotoou sua camisa bem devagar e a deixou cair no chão, a seu lado.

— Desde que eu cheguei nesta suíte que fiquei me perguntando por que alguém colocaria uma banheira no meio do salão.

A irritação desapareceu por completo do rosto de Dominic. Ele deu a ela um sorriso que Abby já estava começando a reconhecer como a prova de que ela era capaz de atrapalhar os pensamentos dele tão rápido como ele atrapalhava os dela.

— Por que será que eu estou achando que você não está tão cansada quanto eu havia pensado? — Perguntou ele com a voz rouca.

Abby se encostou no corpo dele e foi recompensada com um movimento que fez com que chegasse mais embaixo, liberando o sexo dele, mas ela conhecia outras maneiras de deixá-lo ainda mais excitado.

— Não entendi o que você está querendo me dizer — disse ela e se afastou um pouco, provocadora.

Ela começou a caminhar para trás, um passo de cada vez, e ele avançava sempre um passo na direção dela, os dois se encaminhando para o quarto. A camisa dele ficou lá atrás, caída no chão, junto com o cinto.

— O que você está fazendo comigo? — Murmurou ele. — Até mesmo no meio das negociações eu fiquei imaginando você aqui, me esperando, e não conseguia me concentrar nas condições que eles me exigiam. — A parte de trás das pernas dela se chocaram contra a cama. Os beijos dele desceram pelo pescoço de Abby e mais abaixo ainda, para os ombros.

— Não vai ter banho? — Sussurrou ela, sentindo os pelos do rosto dele arranharem a pele sensível de várias partes do seu corpo à medida que ele a despia. A boca dele a estava deixando louca.

— Mais tarde — disse ele, sua boca junto ao seio de Abby, antes de tomar o mamilo em sua boca. Ele o sugou, deu suaves mordidas e o excitou passando sua língua, em círculos, bem na ponta. Quando Abby já achava que não aguentava mais ele focou sua atenção no outro seio, repetindo todo o processo até deixá-la ofegante debaixo dele.

A língua de Dominic seguiu a curva suavemente arredondada do estômago dela até encontrar o tecido de sua calcinha. Ele se ajoelhou rapidamente, sem levantar seus lábios da pele dela enquanto despia a calcinha de renda. Sem roupas para impedi-lo, ele abriu gentilmente os pequenos lábios de Abby e enfiou sua língua dentro do corpo dela. O ritmo quente das carícias fazia os joelhos de Abby tremerem. Dominic a moveu facilmente, fazendo seu corpo descansar sobre o colchão e abrindo ainda mais as pernas, para lhe dar mais prazer.

O corpo dela se contorcia e suas mãos agarravam os lençóis com força. Ele era incansável ao fazê-la gozar. Dominic mergulhou, lambeu com precisão excruciante e a atormentou ainda mais com suas mãos fortes que sabiam exatamente como se mover debaixo dele para levá-la à loucura. As mãos dele apertaram as nádegas de Abby enquanto os gritos dela enchiam o quarto. Ele voltou o rosto e beijou o interior da coxa dela, fazendo seu corpo estremecer.

Ele se levantou, rapidamente desabotoou as calças, despindo-as em um movimento suave. Ela deveria estar se sentindo vulnerável, deitada na cama, completamente exposta a ele, mas, em vez disso, se sentiu poderosa, liberada. O sexo dele estava duro e ereto e, por momentos, à mercê dela.

— Diga para mim que você também estava todo o tempo pensando nisso — disse ele, sua voz entrecortada.

Abby rolou na cama e se encaixou em uma pilha de almofadas.

— Bem, eu estava muito ocupada — respondeu ela, baixando os cílios em flerte descarado.

Ele se lançou sobre ela como um gato selvagem, prendendo-a sob seu corpo. Uma mão deslizou sobre a curva da cintura de Abby e ele mergulhou um dedo no centro úmido de seu corpo.

— Você está mentindo. — E sua respiração era quente no pescoço dela.

Os lábios dele se curvaram em um sorriso quando ela quase ficou sem respirar. Alguma resposta espirituosa que ela estivesse preparando se perdeu quando o dedo dele imitou o ritmo que antes era de sua língua, levando-a ao clímax. Ele colocou seu corpo sobre o dela, seus olhos cheios de desejo:

— Não haverá outros homens. — O sexo dele penetrou-a, em um golpe rápido. Mas Abby quase nem entendeu o que ele disse. Os movimentos dele provocando nela ondas e mais ondas de prazer. Ela abraçou o corpo de Dominic, deixando que os sons de seu orgasmo ecoassem por todo o quarto.

Quase recuperada, o corpo dela se retesou novamente quando Dominic saiu de dentro dela e ficou roçando o sexo de Abby com a ponta de seu sexo sem nunca desviar o olhar, voltando a penetrá-la. Ele sabia exatamente quando acelerar o ritmo e quando fazer uma pausa, tornando o prazer ainda mais intenso. E ela também sabia quando fazer isso. O corpo de Dominic estremeceu contra o dela no momento em que os dois atingiram o orgasmo e se abraçaram um no outro.

Quando acabou, eles ficaram de pernas entrelaçadas, suas respirações se acalmando ao mesmo tempo, em uma felicidade eterna. De repente, Dominic puxou os lençóis sobre os corpos deles, rolou para seu lado da cama e elevou seu belo corpo sobre um cotovelo para poder olhar bem no rosto dela. Os olhos deles estavam escuros de emoção.

— Eu não quero magoar você, Abby.

Provavelmente essa estava sendo a maneira de ele dizer a ela que não devia dar muita importância para o que ele havia dito no calor da paixão. Ela não estava se sentindo preparada para ter aquela conversa de novo. Ela passou um dedo pelo lábio dele e respondeu simplesmente:

— Então não faça isso.

Ele abriu a boca para dizer alguma coisa que ela tinha certeza de não querer ouvir e reagiu instintivamente. Colocando uma das mãos sobre o peito dele, Abby o abraçou e o beijou. Amanhã teriam todo o tempo para conversar. Todo o tempo para aquele conto de fadas terminar quando cada um dissesse para o outro as palavras que agora estavam evitando.

Ao contrário de Cinderela, Abby podia gozar sua fantasia até o amanhecer. Dominic se esqueceu rapidamente do que ia dizer quando os beijos dela começaram a percorrer seu peito e foram descendo ainda mais.

QUATORZE

Na manhã seguinte, quando Abby acordou, Dominic já havia saído.

"Droga!"

Ela tomou um banho e se vestiu correndo. Pegou o celular várias vezes para ligar para ele, mas sempre desistindo antes mesmo de discar o número. Ela possuía meios de saber em que fase das negociações ele estava ou mesmo se ele poderia atender seu telefonema e ela não estava querendo correr o risco de ser culpada pela perda do contrato.

"Eu devia ter contado a ele ontem de noite."

Se não antes do sexo que ela guardaria para sempre em sua memória como o melhor de sua vida, pelo menos antes de eles terem adormecido nos braços um do outro. Mas ela não havia contado nada e se colocara em uma situação em que precisava se decidir sozinha sobre como lidar com Zhang.

Dave, um dos guarda-costas da equipe de Scott, havia lhe perguntado se estava tudo ok.

"Ok? Não, nada ok. Mas você não pode me ajudar."

Abby disse:

— Apenas com fome.

Zhang havia dito que o que ela iria mostrar a Abby ajudaria Dominic, mas não havia como saber se ela estava falando a verdade. E se fosse simplesmente uma manobra para manipular as negociações como Dominic dissera que alguém poderia fazer?

Abby mordeu o lábio enquanto lutava com todas as suas dúvidas. Normalmente ela confiava em seus instintos sobre as pessoas e algo dizia a ela que podia confiar em Zhang. Chegando a uma decisão final, colocou sua bolsa no ombro e falou para Dave que estava com vontade de tomar seu café da manhã na sala principal do hotel. Abby nem esperou que ele terminasse de contar a novidade para o restante da equipe de segurança. Ela abriu a porta da suíte e aproveitou a vantagem.

Ela chegou no saguão do hotel antes de Scott e seus homens suspeitarem de alguma coisa, mas eles correram em sua direção quando o motorista de Zhang se aproximou de Abby, se apresentando. Ele a acompanhou pelo saguão do hotel e eles saíram pela porta da frente, apesar de Scott e seus homens estarem em torno deles. Scott agarrou Abby pelo braço, puxando-a para fora da limusine, sua agitação evidente em sua respiração irregular.

— Isso é má ideia.

— Você mesmo falou que todo mundo conhece Zhang e que ela não é perigosa. — lembrou Abby. Não interessava a opinião de Scott, agora ela estava determinada a ver como ela poderia ajudar Dominic. O chefe dos guarda-costas mandou seus homens rodearem Abby.

— Sim, mas isso era para um chá em um hotel. Não isto. Eu não estou gostando disso.

Quanta mudança apenas um dia podia trazer. Ontem, antes de ela haver escutado a conversa de Scott e dos outros guarda-costas, ela teria dado ouvidos a ele sem hesitar. Agora, ele era apenas um obstáculo entre ela e a verdade. Ela puxou o braço, se liberando.

— Estou indo. Você pode telefonar para Dominic, se quiser, mas se você não está preparado para participar de uma briga internacional, eu sugiro que você me deixe ir.

— Eu achei que você era bem mais sensata, Abby — disse ele, reprovador, mas sem liberar o braço da moça.

— Primeiras impressões muitas vezes são erradas — respondeu ela, desejando poder dizer para ele que sabia o quanto sua lealdade a Dominic era duvidosa, mas Abby tinha consciência de que precisava guardar aquela informação. Em vez disso, ela deu um puxão, se liberando das mãos de Scott, e entrou na limusine de Zhang, deixando o chefe da segurança aflito, tentando reunir sua equipe.

Depois de um rápido "chega para lá" entre as equipes de guarda-costas das duas mulheres, houve uma espécie de trégua e a limusine da milionária deu a partida, sendo cercada por vários 4x4 transportando guarda-costas de diversas lealdades.

Com seu terno escuro e sua camisa branca, Zhang era a imagem da mulher de negócios. Seus cabelos negros e brilhantes lhe cobriram o rosto quando ela inclinou o corpo para guardar alguns papéis em uma pasta que estava colocada a seus pés. Descontraída, tirou os óculos e os colocou dentro de sua bolsa, sem deixar de olhar para Abby, sentada do outro lado do banco.

O clique da porta da limusine se fechando ecoou, pesado. O carro se afastou suavemente da entrada do Hotel Aman sem ninguém falar para onde estavam indo. Abby vestia uma calça bege e uma blusa azul-clara bem clássica, tentando estar confortável, porém com roupas apropriadas para o lugar que elas iam visitar.

— Aonde você está me levando? — Perguntou Abby, se assustando com a evidência de medo em sua voz.

— Considere isso como uma visita de campo — respondeu Zhang, se divertindo com sua própria piada, mas Abby não riu. Ele a olhou um pouco impaciente. — Pare de ficar com essa cara de pavor. Você não está correndo perigo. Estará de volta em seu hotel antes de Dominic terminar as reuniões de hoje.

Abby respirou calmamente. Ficar em pânico agora não ajudaria a ninguém. Isso não era sobre ela, era sobre Dominic. Se Zhang estivesse querendo machucá-la, ela não teria autorizado Scott e seus homens a acompanhá-las. Apesar das duvidosas instruções de Jake, Abby sabia que eles não deixariam que alguma coisa de ruim acontecesse com ela. Se ela não voltasse para o hotel, eles teriam de se justificar com Dominic. Mas mesmo esse pensamento não deu conforto algum a Abby.

— Você não pode me culpar por eu estar com medo.

Zhang concordou, balançando lentamente a cabeça, e olhou pela janela. Ela estava batendo suas unhas bem tratadas em uma superfície dura que servia de mesa.

— Na verdade, seu medo confirma sua inteligência e isso torna sua presença ainda mais surpreendente.

Abby se pegou apertando e soltando as mãos e se obrigou a ficar quieta.

— Você disse que queria me mostrar alguma coisa. Uma coisa importante.

— Você ganhou coragem, professorinha? — Perguntou Zhang, olhando de novo para ela.

Abby respondeu sem hesitar:

— Uma professora de ensino médio em um bairro problemático não se intimida facilmente. — Colocando as coisas assim, Abby sentiu que estava começando a relaxar. Certo, ela estava em um país estrangeiro, indo a um lugar desconhecido com uma mulher que ela não tinha a certeza se podia confiar, mas sua vida também havia corrido risco quando ela separava seus alunos em uma briga e descobria que pelo menos um tinha uma faca. No entanto, ela sempre achava que trabalhar com adolescentes problemáticos valia o risco. Algumas coisas simplesmente valiam a pena. Como hoje.

— Por que você tem esse trabalho? — Perguntou Zhang, como se a resposta a essa pergunta incluísse a resposta a muitas outras questões.

— Porque meu trabalho é importante. Porque se eu não trabalhar com esses adolescentes, existe uma grande chance de mais ninguém ajudá-los.

Zhang pareceu surpresa e satisfeita com a resposta de Abby.

— Então, você vai entender o que vou lhe mostrar.

A zona turística já havia ficado para trás. O centro de Pequim era uma mistura interessante de altos edifícios de vidro e trechos arbotizados. Suas estruturas modernas fervilhavam de gente como em Nova Iorque, mas as ruas eram bem mais largas e as pessoas pareciam caminhar de maneira mais ordenada.

Depois, elas chegaram na área da Universidade de Pequim. Zhang sempre situava Abby nos lugares por onde estavam passando. A limusine parou junto a um grupo de mulheres chinesas, sentadas na grama dos jardins da universidade.

— Existem mais de cem faculdades e universidades em Pequim. — Zhang falou. — Muitos dos jovens da cidade, moços e moças, estão dando prosseguimento a sua educação e agora eles têm um futuro cheio de possibilidades ilimitadas. Especialmente para as mulheres, a educação é a chave para a independência.

Abby admitiu seu equívoco anterior.

— Eu não imaginava que Pequim fosse tão moderno. Eu apenas havia visto os pontos turísticos.

Zhang não pareceu ficar surpresa. Ela fez um gesto com a mão indicando o distante país de Abby.

— Muitos americanos têm essa mesma ideia da China. Sim, nós damos grande importância para nossa cultura e nossas tradições, mas nós também achamos a modernidade uma coisa muito importante. Infelizmente, como também está acontecendo em seu país, nós estamos mudando rápido demais e algumas de nossas decisões não estão sendo sensatas. Por exemplo, agora, Pequim está lutando contra as tempestades de areia que antes atingiram os estados ocidentais. Fora das cidades, muitas pessoas ainda dependem exclusivamente da agricultura para sobreviver. Isso está causando a erosão de nossos melhores solos. As coisas precisam mudar, mas para as pessoas que vivem só de agricultura, os métodos antigos são sua única maneira de sobreviver. Só haverá mudança verdadeira se nos comprometermos a educar e dar trabalho para mais dessas pessoas.

A limusine estava saindo da cidade. As estradas largas e pavimentadas viraram estreitos caminhos de terra rasgando as montanhas.

— O lugar aonde estamos indo fica longe? — Perguntou Abby.

Zhang deu de ombros.

— A uma hora da cidade. Eu quero que você conheça uma pessoa. Ela é a dona da única loja de Saun Li.

Elas passaram por uma pequena casa de fazenda, uma estrutura branca, retangular, com telhas vermelhas no telhado. Sua única característica diferenciadora era a variedade de animais espalhados pelo gramado e pela colina que ficava ao lado. Um burro pastava, solto, na escassa vegetação, do outro lado da estrada.

Se elas estivessem passeando por outra razão, Abby teria pedido para o motorista parar um pouco. Ao longe, ela viu um homem sentado numa pedra, vigiando um rebanho de carneiros. Sua camiseta azul e sua calça marrom eram muito diferentes da roupa que Abby havia imaginado para um pastor.

Zhang notou o interesse dela e disse:

— O nome dele é Xin Yui. Ele divide seu tempo entre o trabalho na cidade e a fazenda de seus pais. Algumas famílias rurais podem ter mais de um filho, mas eles são da completa responsabilidade dos pais. Se ele tiver sorte, vai poder levar seus pais para morarem com ele na cidade, mas eu acho que eles não vão gostar dessa mudança. A família deles mora nesta fazenda há muitas gerações.

Abby observou, um pouco desapontada, a pequena fazenda desaparecer de sua vista.

— Você parece conhecê-lo.

— Eu nasci nesta área. — disse Zhang bruscamente, e olhou pela janela, fugindo de suas memórias. — Eu quero que você conheça Wen Chan. Ele frequentou a universidade durante algum tempo e conseguiu iniciar seu próprio negócio. Ela sustenta toda a família com o dinheiro que ganha com sua loja e isso também permitiu que ela se separasse de um marido violento. No passado, a pobreza a teria obrigado a permanecer casada com aquele homem, sem alternativa.

A estrada através da montanha ficou um pouco mais larga e mais lisa quando elas se aproximaram de uma cidadezinha que parecia ter surgido do nada. Havia apenas vinte construções naquele lugar que Zhang chamara de cidade. Na pracinha existia um mercado de frutas e legumes, ao ar livre, e uma despretensiosa loja com um letreiro pintado à mão. Abby imaginou que aquelas letras chinesas deviam ser o nome da família de Wen. Um grupo de homens e mulheres conversava junto à porta.

Uma mulher vestida com blusa e calça de algodão marrom estava parada na porta da loja vendo a limusine estacionar. Zhang mandou que o motorista e os outros homens ficassem junto dos carros. Abby a seguiu pela estrada de terra batida.

A lojista as convidou a entrar e conversou com Zhang, rapidamente, em mandarim. Abby ficou surpresa com o afeto com que aquela mulher estava tratando sua visita famosa. A loja estava bem limpa e todos os produtos dispostos em perfeita ordem, mas possuía apenas algumas prateleiras com comida e outros itens básicos.

Abby a cumprimentou com uma suave inclinação de cabeça. A mulher a saudou em mandarim. Abby lhe respondeu na língua comum da China:

— Nin hao.

Zhang a olhou, surpresa. E ela própria perguntou, em mandarim:

— Você fala nossa língua?

Abby deu de ombros humildemente e respondeu, naquele idioma:

— Um pouco.

— Por quê? — Zhang quis saber.

— Eu ensino inglês para estudantes de vários países. E gosto de estudar idiomas. — Abby conseguia falar bastante bem sete línguas diferentes. Ela não tinha um diploma universitário em todas elas, mas era capaz de entender e falar o básico para poder se comunicar, e esse seu talento lhe permitia ajudar muitas famílias que não falavam inglês quando elas precisavam de um tradutor. Uma dessas famílias a havia ensinado a falar aquilo que eles chamavam de chinês simplificado.

A dona da loja elogiou:

— Você fala muito bem.

Zhang acrescentou:

— Sua pronúncia é excelente.

Abby já havia recebido esses mesmos elogios dos pais de seus alunos chineses. Seu vocabulário era um pouco limitado, mas ela possuía um talento especial para as línguas muito musicais. O maior desafio para aprender mandarim havia sido uma mesma palavra significar várias coisas completamente diferentes, bastando quem falava colocar o acento em uma parte diferente da palavra. Mas a família que a havia ensinado era muito paciente.

— Eu falo apenas um pouco, mas obrigada. — Abby agradeceu.

Atendendo ao pedido de Zhang, Wen Chan, falando lentamente, contou para Abby como a educação que havia recebido a libertara e permitira a ela criar uma vida para ela e para sua família. Ela olhou muitas vezes para Zhang enquanto contava sua triste porém inspiradora história, e Abby achou que ela queria agradecer a Zhang o apoio que esta havia lhe dado. Abby não entendia todas as palavras, mas compreendeu o suficiente para poder fazer algumas perguntas.

Zhang se sentiu obrigada a admitir:

— Você é bem diferente daquilo que eu esperava de uma mulher americana.

Abby sempre falava em inglês quando ela não sabia a palavra chinesa para expressar o que queria dizer:

— Acho que hoje nós duas estamos aprendendo que estereótipos muitas vezes são errados. Estou certa de que muitos americanos não imaginam as mudanças que estão acontecendo no seu país.

Zhang traduziu para Wen e depois disse, em inglês:

— Agora que você já sabe do que precisamos, você vai nos ajudar?

Abby se sentiu constrangida, as duas mulheres a olhavam, expectantes:

— O que vocês querem que eu faça?

Zhang falou rapidamente em mandarim, prometendo à dona da loja voltar em breve. Abby lhe seguiu o exemplo e usou o pouco que sabia de chinês para agradecer a Wen por sua hospitalidade. Sem responder a Abby, Zhang começou a caminhar em direção à limusine, fazendo Scott e seus homens respirarem de alívio.

Zhang falou apenas quando o carro já estava circulando pela estrada da montanha:

— Nas cidades grandes, as mulheres já quebraram muitas barreiras sociais, mas é bastante difícil conseguir financiamento para a educação feminina nas comunidades rurais. Eu decidi que quero mudar isso.

— As suas universidades não são gratuitas? — Perguntou Abby, surpresa.

— Grátis é caro demais para todas essas mulheres que precisam trabalhar para sobreviver. O ensino básico é obrigatório para todo mundo, mas a maior parte das meninas sai da escola quando termina esse ciclo. Mesmo as famílias de camponeses que desejam que suas filhas continuem estudando tiram as meninas da escola porque não têm dinheiro para continuar pagando seus estudos. Alguém precisa pagar para que elas tenham comida e um lugar para viver. Sim, grátis pode ser muito caro para um monte de famílias pobres.

Abby pensou na dona da loja que ela acabara de conhecer e entendeu melhor o quanto Wen havia conquistado.

— Você está falando de financiamento para bolsas de estudo? Você quer que eu peça a Dominic para ele contribuir para um desses fundos?

— Precisa ser mais abrangente ainda — respondeu Zhang. — Para ter um impacto real precisa ser nacional, criado pelo governo e com financiamento permanente. Dominic está em uma posição única para pedir isso a nosso governo. Ele pode acrescentar isso a suas negociações. Ele tem o poder de mudar a vida de muitas mulheres que, sem essa ajuda, continuarão a lutar na pobreza.

— Por que você não pede isso a ele, Zhang? Ele escutaria você — disse Abby.

— Eu já tentei — respondeu Zhang tristemente. — Dominic jamais se preocupa com as pessoas dos países onde faz negócios. Ele se interessa por dinheiro e poder e não em ajudar às mudanças sociais. Mas você... ele escuta o que você fala. Ele escuta você como jamais escutou alguém.

— Zhang, me desculpe, mas eu acho que você está mal informada a respeito de minha influência sobre Dominic. Eu o conheço há menos de uma semana. Ele não faz negócios se baseando em minha opinião. — Abby dizia tudo isso se sentindo triste, mas Dominic não havia avisado para ela não esperar demasiado do caso que eles estavam tendo?

Zhang a olhou com seus penetrantes olhos negros. Uma de suas sobrancelhas se levantou, duvidosa.

— Você não é boba, Abigail Dartley. E eu também não. Dominic jamais misturou mulheres e negócios. Mas, com você, ele abriu uma exceção. Não subestime sua importância na vida dele. Talvez ele ainda não tenha dito para você as palavras certas, mas ao trazer você até aqui, ele está fazendo um anúncio para todo mundo.

Oh, como Abby gostaria de acreditar naquilo, mas ela sabia que não era verdade.

— Zhang, ele está apenas anunciando que não gosta de ficar sozinho quando está triste. Ele está de luto por seu pai.

Zhang não acreditou no que Abby dizia.

— É isso que você vem fazendo durante essa semana? Está ajudando ele a chorar a morte do pai?

Abby se virou bruscamente para Zhang, seu tom de voz se tornou frio:

— Isso não é da sua conta, é?

Imperturbável, Zhang continuou suavemente:

— Oh, claro que é! Seu relacionamento com Dominic me diz respeito. Mesmo que você não queira, sua ligação com Dominic está lhe dando um importante papel na revolução cultural chinesa. O que você decidir impactará no futuro de muitas pessoas.

— Sem pressão. — Abby murmurou para si mesma. Aquilo estava mesmo acontecendo? Como ela tinha passado de simples moça lutando para educar sua irmã caçula a potencial responsável pela falta de educação adequada para milhões de mulheres? Era uma responsabilidade grande demais para ela, não? — O que você está me pedindo, exatamente? Você quer que Dominic negocie com o governo uma bolsa de estudo nacional para mulheres?

— Sim! E também estou pedindo para que ele financie esse fundo com cinco por cento dos lucros anuais da Corisi Enterprises.

Abby olhou através da janela. As montanhas haviam desaparecido para além delas. Em breve estariam viajando pela moderna estrada alcatroada que as levaria de volta ao hotel. Ela se perguntou como estariam indo as negociações de Dominic naquele momento. Logo mais, à noite, ela não teria desculpas. Contaria a ele tudo e sofreria as consequências.

Dominic não ficaria contente por saber da verdade sobre Scott. E ele também não ficaria feliz por saber que ela havia saído da cidade com alguém que podia ser sua rival nos negócios. Abby tinha apenas a palavra de Zhang de que tudo aquilo era verdade.

Mas, se o que Zhang dissera era verdade, como ela podia não contar a ideia para Dominic? Abby precisava descobrir uma maneira de colocar a proposta de Zhang na conversa. Porém, ela não podia deixar que a outra mulher criasse expectativas falsas sobre um sucesso que ela não estava certa de alcançar.

— Eu posso apenas tentar — disse Abby, se voltando para olhar Zhang. — Ele pode não querer escutar, mas vou contar a ele que me encontrei com você e tudo o que eu aprendi hoje. Talvez eu consiga levá-lo para conhecer Wen. Eu sei que ele não passa essa imagem para as pessoas, no entanto ele se preocupa verdadeiramente com os outros. Talvez ele concorde com seu pedido quando tomar conhecimento da situação.

— Você é bem melhor do que haviam me falado — admitiu Zhang.

Abby se sentiu incomodada com o elogio.

— Eu não estou prometendo nada, Zhang. Eu apenas estou dizendo que eu vou falar com ele.

Zhang pegou seu pequeno celular no bolso do paletó e leu um torpedo. Ela murmurou bem baixinho e Abby imaginou que aquilo só poderia significar um palavrão.

— Minha fonte no ministério está me dizendo que chegamos tarde demais. As negociações não estão correndo bem. Stephan Andrade, um velho rival de Dominic, acaba de fazer um lance de última hora para ficar com o contrato. Nós poderíamos influenciar a decisão com o apoio da Fundação para as Mulheres, mas me parece que seu homem já estará falido antes de você ter a chance de provar que sua opinião sobre ele está certa. Minha fonte também falou que o ministro anunciará sua decisão ainda hoje. A mídia internacional já está se reunindo.

O coração de Abby ficou sangrando por Dominic. Ter criado uma empresa tão grande para agora perder tudo em um único negócio parecia injusto e impossível.

— Será que Dominic realmente vai perder muito com esse negócio?

— Dominic escolheu alguns investidores bastante influentes. Se o negócio falhar, eles irão congelar os bens dele — explicou Zhang. — Será o começo do fim dele.

— A gente não pode fazer nada? — Perguntou Abby.

Zhang ficou pensando um pouco e então respondeu:

— Não, mas há uma coisa que você pode fazer. — Ela disse alguma coisa em mandarim para o motorista, mandando que ele se dirigisse para o centro de negócios onde ficava o gabinete do ministro. — Um velho provérbio chinês diz que existem muitos caminhos para você chegar no topo da montanha, no entanto, ao chegar lá, a vista é a mesma. Se meu plano funcionar, Dominic vai ficar bravo com você, mas as mulheres da China ficarão gratas e talvez seu homem a perdoe quando se tornar o homem mais influente do mundo.

O estômago de Abby doía.

— Como eu sei que posso confiar em você? Como eu sei que o que você está dizendo é verdade?

Zhang a estudou por uns instantes.

— Você não pode ter certeza, tem razão. Uma amante jamais se envolve nos negócios de seu homem, mas nós duas sabemos que você é bem mais que um divertimento de férias. Se você ama Dominic de verdade, precisa parar de ter medo e começar a agir como a mulher forte que ele precisa ter. Ou você quer perdê-lo?

— Eu não... — A voz de Abby sumiu.

Sim.

Ela amava Dominic.

— Droga!

Zhang ergueu uma sobrancelha, surpresa. Abby não havia se dado conta de que falara em voz alta e sua voz ecoara pela limusine.

— Preciso falar com Dominic — anunciou Abby, com urgência.

— Não dá tempo. Se você o fizer sair da reunião, Andrade assinará o contrato antes mesmo de a gente chegar lá.

— Por que você não pode fazer isso? — Perguntou Abby, desesperada.

— Eles não me deixariam entrar na sala de reuniões. Mas eles deixarão você falar com Dominic... Especialmente se você disser que está levando uma adenda ao contrato que Dominic esqueceu no hotel e da qual está precisando.

— Uma adenda?

— O dinheiro adicional necessário para a bolsa de estudos para mulheres que o governo vai criar, financiada com os cinco por cento de lucro da Corisi Enterprises.

— Mas eu nem conversei com Dominic sobre isso. Ele não vai entender por que eu estou fazendo aquilo.

— Você vai ter tempo para explicar a ele depois que tiver salvado a empresa.

— E se ele não concordar?

— Ele vai concordar — respondeu Zhang enquanto digitava rapidamente um torpedo em seu celular. — Não tem outra chance.

QUINZE

lguma coisa não ia muito bem. O ministro estava reintroduzindo questões que haviam ficado resolvidas meses atrás. E ele estava chamando mais consultores que colocavam obstáculos a cada etapa.

Nos Estados Unidos, ele já estaria reclamando, mas aqui, as regras de negociação eram bem diferentes. Ele não estava disposto a perder tudo por não saber controlar seu gênio.

A tensão geral da sala dizia a Dominic que havia alguma coisa mais além do que estava sendo discutido em volta daquela mesa.

Quando a porta se abriu e ele viu Abby entrar, segurando uma pilha de papéis, Dominic teve certeza de que seu corpo havia sucumbido ao estresse daquele dia e ele estava tendo alucinações. Ela caminhou na direção do ministro, fez uma saudação a ele com a cabeça e colocou a pilha de papéis sobre a mesa, na frente dele.

— O que é isso? — Perguntou o ministro.

Abby respondeu a ele em mandarim, com uma voz bem suave. O ministro começou a examinar os papéis antes mesmo de ela terminar de falar. Então, mandou um de seus assessores ler os documentos. Ele disse alguma coisa, por uns segundos, com os dois homens que estavam sentados do seu lado direito e eles pareceram chegar a um acordo.

— Sr. Corisi, teria sido mais sensato haver iniciado nossa conversa de hoje com isso. Sua oferta é bem generosa e seu pedido irá beneficiar muitas pessoas em toda a China. O governo está de acordo. — E então o ministro começou assinando todos aqueles papéis e também os outros papéis do contrato que precisavam sua assinatura.

Dominic estava furioso.

Abby foi se sentar ao lado de Dominic, apesar do olhar cortante que ele lhe deu. Ele se inclinou, fingindo querer agradecê-la, mas lhe segredou palavras bem duras.

— O que aqueles papéis significam exatamente?

Abby manteve seu rosto calmo apesar de a fúria na voz dele fazê-la tremer por completo.

— Você ofereceu cinco por cento do lucro anual de sua empresa para um fundo nacional de bolsas de estudo para mulheres das zonas rurais.

A mão dele apertou forte o braço dela.

— Por que diabos eu faria isso?

Os olhos dela se encheram de lágrimas.

— Para salvar sua empresa. Você ia perder tudo hoje.

— Não minta para mim. O resultado final jamais esteve em questão. O que você está ganhando com isso? — Sua voz acusadora ficou mais grossa.

Um advogado colocou o monte de papéis diante de Dominic.

— Está faltando apenas sua assinatura e depois sua presença em uma coletiva de imprensa para anunciar o acordo. Essa sua última emenda vai deixar o mundo surpreso e faz do senhor um herói, eu acho.

Dominic soltou o braço de Abby e ficou lendo os documentos, que estavam escritos em inglês e em mandarim. De fato, eles prometiam o que Abby havia falado. Ele só não compreendia o que ela lucraria com aquele acordo.

Abby saiu da sala enquanto ele terminava de assinar o contrato.

Zhang encontrou-a no saguão, do lado de fora da sala de reuniões.

— Você conseguiu!

— O que você conseguiu exatamente? — A voz de Jake Walton ecoou atrás delas.

Abby olhou direto nos frios olhos do homem, por cima do ombro de Zhang.

Uma acidez de nervoso agitava o estômago dela. Sim, o ministro havia assinado o contrato. Sim, o dinheiro iria beneficiar as mulheres das zonas rurais de toda a China, mas e se Dominic estivesse certo e nada daquilo fosse necessário? Zhang poderia ter montado tudo aquilo só para promover a Fundação das mulheres.

Abby era uma heroína ou um peão em um tabuleiro de xadrez?

Zhang se voltou, impedindo, com sua formidável presença, que Jake avançasse mais. Apesar das roupas elegantes, sua presença mostrava que ela não estava com medo de uma dura batalha.

— Ela fez o que eu pedi para você fazer há muitos meses atrás. A Corisi Enterprises é agora uma generosa apoiante da China. Os olhos de Jake mostravam repulsa pelas duas, mas eles pousaram em Abby.

— Que ligação você tem com Zhang? Quem é você?

Sua condenação era completa e arrasou a confiança de Abby.

— Não me olhe assim! Eu fiz isso por Dominic.

— Duvido — respondeu Jake, cético.

— Você está questionando minha lealdade? — Questionou Abby. — Não sou eu quem está pagando meus próprios guarda-costas para que espionem Dominic.

Jake olhou para alguma coisa que estava atrás dela e vacilou, como um homem que levasse um soco nos rins.

— Dominic...

O tempo pareceu parar durante os segundos que Abby levou para descobrir que Dominic estava na porta atrás dela e tinha escutado o que ela acabara de dizer. Ela juntou as mãos e fechou os olhos por um momento, com medo de enxergar como ele estava recebendo aquela notícia.

Não havia um lugar para ela se esconder. Abby se voltou e primeiro olhou o couro bem engraxado dos sapatos dele e depois se obrigou a olhá-lo nos olhos. O único sinal visível de sua fúria era a tensão em sua mandíbula.

Sua voz saiu calma, mas provocou um incômodo arrepio nas costas de Abby.

— Felizmente, eu tenho uma fé muito pequena na humanidade, caso contrário, hoje seria um dia bem triste para mim, em todos os sentidos.

Abby se aproximou de Dominic, seus passos carregados de culpa. Ela se pontapeava mentalmente por não haver lhe contado tudo na noite anterior. Agora, não imaginava uma maneira pior de ele tomar conhecimento de tudo aquilo. Ele iria escutá-la agora?

— Dominic, isso não é o que parece.

Dominic focou sua fúria em Jake.

— Você não deveria estar protegendo a irmã de Abby? Espere, ela não tem irmã alguma? Até onde vão suas mentiras? — Com um gesto de sua mão ele mandou um dos membros de sua equipe de segurança pessoal se aproximar e disse a ele algo que ninguém mais escutou. O homem fez que sim com a cabeça, se afastou alguns passos e começou a organizar sua equipe através de seus aparelhos de comunicação.

Jake estava visivelmente abalado com a situação. Ele disse:

— Dominic, você não está entendendo. É verdade, eu pedi a Scott para me manter informado de suas ações, mas só porque você não estava agindo como costuma...

Dominic não queria escutar as desculpas de Jake. Seu rosto estava tenso quando finalmente ele se virou para Abby, suas palavras quase inaudíveis, saindo de entre seus dentes apertados:

— Eu não consigo entender o que você tem a ver com tudo isso. É dinheiro? — Ele olhou para Zhang, a única pessoa do grupo que se mantinha calma. Ele fez uma pequena saudação com a cabeça, em uma gozação de deferência.

— Eu subestimei sua criatividade para resolver problemas, Zhang. Bravo! Dessa vez eu não entendi o que estava acontecendo. Tudo o que você pagou para Abby, se esse é mesmo seu nome... Ela está merecendo cada centavo.

Os olhos de Abby se encheram de lágrimas, mas ela não virou o rosto. Ele a machucava, mas a culpa era toda dela. Nada disso estaria acontecendo se ela houvesse sido menos egoísta na noite da véspera. Se ela tivesse tido coragem para negar-se àquele último prazer, ela teria poupado a ele essa humilhação. Ela estava merecendo aquela condenação, apesar de não ser pela razão que ele pensava.

— Dominic, eu queria contar para você hoje pela manhã, mas você já havia saído. Eu deveria ter contado para você ontem de noite...

Dominic pegou o queixo de Abby e, pela primeira vez, seu toque não era gentil.

— Quanto ela pagou a você, Abby? Você está sendo boba de aceitar esse dinheiro. Eu estava querendo ficar com você quando nós voltássemos aos Estados Unidos... Você poderia ter dito a mim que estava decepcionada quando já tivéssemos chegado lá, e provavelmente eu a perdoaria. Ironia, se você tivesse escolhido ficar comigo, em vez de aceitar o dinheiro que ela lhe pagou, você teria se tornado uma das mulheres mais ricas do mundo.

Jake disse:

— Dominic...

Dominic soltou o queixo de Abby, contrariado, e falou:

— Saia, Jake. Vou tratar de você depois que eu tiver arrancado de Scott toda a verdade. E não se preocupe em avisá-lo. Neste momento, meus homens já o apanharam.

Jake empalideceu, mas não saiu de seu lugar.

— Não faça nada de maneira precipitada, Dom.

— Oh, certo, eu não estou acima de nada, né? Eu quase me esqueci da baixa opinião que você tem a meu respeito. Acho que assim fica mais fácil para você justificar seus atos. — A voz de Dominic estava ficando mais calma e mais fria a cada palavra.

Uma porta lateral se abriu e um monte de vozes masculinas, conversando em inglês norte-americano, encheu o saguão, interrompendo o que Jake ia responder. Um homem louro, vestindo um terno escuro, alto e dono de músculos formidáveis como os de Dominic, se afastou do grupo e caminhou em direção a eles. Seus olhos azuis brilharam, fascinados com a cena que presenciavam. O timbre profundo de sua voz misturava ironia e malícia.

— Eu não sei como você faz para, no final, sempre sair ganhando, Corisi. Dessa vez eu achei que havia derrotado você.

Por baixo de seu terno sob medida, os músculos de Dominic se tensionaram.

— Você está por trás de tudo isso, Stephan?

O rival de Dominic avaliou rapidamente a tensão do grupo. Ele estudou a postura defensiva de Jake, a desafiadora inclinação da cabeça de Zhang e as lágrimas rolando pelo rosto de Abby. Um sorriso lento e satisfeito iluminou seus belos olhos azuis.

— Eu gostaria de dizer que sou o culpado por tudo que está acontecendo aqui, mas, infelizmente, essa bagunça toda foi você mesmo que fez. Para um homem que só ganha, você me parece estar bem triste. E sua tristeza está fazendo com que minha viagem para cá tenha valido muito a pena.

Outro homem qualquer teria voltado as costas e fugido da expressão do rosto de Dominic. O som primordial que Dominic fez, no fundo de sua garganta, era igual ao de um guerreiro brandindo sua espada.

Ele deu um passo ameaçador na direção de Stephan, porém Jake intercedeu suavemente.

— Nós sabíamos que havia alguém batendo na porta dos fundos. Eu deveria ter adivinhado que era você.

Abby limpou, impaciente, as lágrimas de seus olhos. Quem era aquele homem que todo mundo conhecia e que estava se divertindo com o sofrimento de Dominic?

— Não estava sendo fácil ficar longe de seu radar, Walton — admitiu Stephan. Seu humor descontraído não disfarçava a intenção de seus olhos. Como um predador no meio da selva, ele sentia o grupo fraquejar e se divertia a suas custas.

— Você sabe que quando quiser deixar a Corisi Enterprises vou querer um homem como você em minha equipe.

— Eu não estou indo a lugar algum — disse Jake, e foi se postar bem ao lado de Dominic.

Jake e Dominic compartilhavam uma ligação fraternal que não precisava de palavras para sobreviver a uma calamidade. Bastava uma troca rápida e silenciosa de olhares. Eles podiam brigar, mas o inimigo de um era o inimigo dos dois.

Dominic concordou relutantemente com um leve gesto de cabeça.

— Muito comovente — ironizou Stephan.

Stephan pareceu perder o interesse nos dois homens, agora unidos contra ele, e voltou sua atenção para as duas mulheres.

— Eu nem acredito que você conseguiu, Zhang. Esse é o tipo de golpe que contam os livros de história. Venha jantar comigo um dia desses. Eu estou querendo conhecer os detalhes do que aconteceu hoje.

Zhang deu a ele uma resposta dura, não deixando dúvidas sobre o que ela pensava daquele homem que falava com ela.

— Cuidado, Stephan. A água inunda até mesmo o templo do dragão-rei.

Abby reconheceu a referência a uma das figuras míticas subaquáticas que ela havia visto no Palácio de Verão. Essas criaturas usavam o mar e o clima para destruír quem se atrevia a fazer algo contra elas.

Stephan voltou seu foco para Abby e disse, de maneira confiante:

— Essa é a maneira de Zhang me mandar para o inferno. — Ele deu uns passos até ficar bem perto de Abby e lançou um sorriso para ela, cheio de charme. — Você é a professorinha que colocou Dominic de joelhos?

Abby ignorou a mão que ele estendeu.

— Não sei que jogo você está jogando, mas me deixe fora disso.

Ele não pareceu se ofender com o gelo na voz dela. E a avaliou atentamente, atingindo seu objetivo ao atiçar a fúria de Dominic.

— Suas lágrimas são por Dominic ou por causa dele? — O rugido atrás dele era um aviso, mas ele ainda não havia terminado: — Ele jamais soube como tratar bem uma mulher. No entanto, preciso reconhecer que até conhecê-la nunca me interessei por nenhuma das moças que ele descartou. Todo mundo está falando de você. Eu adoraria descobrir se você é mesmo como estão dizendo.

Uma enorme mão se fechou no ombro de Stephan e ele se voltou a tempo de receber o punho de Dominic bem no meio do rosto. Então, cambaleou para trás, mas não caiu. Seu sorriso até aumentou de tamanho enquanto ele esfregava sua mandíbula vermelha.

Dominic olhou para Abby.

— Pode parar de dar em cima dele, ele está saindo.

Abby respondeu na defensiva:

— Eu não estava...

A risada de escárnio de Stephan congelou a conversa deles.

— Você está ficando mole, Dominic, e isso irá tornar bem mais fácil derrotá-lo.

Dominic cruzou os braços:

— Pode rir à vontade, mas depois de hoje, a Corisi Enterprises fica ainda mais difícil de ferrar. Você está fora de nosso campeonato, Stephan. Agora, você não pode nos tocar.

Stephan tinha o aspecto perigoso de um gato que acaba de descobrir que a gaiola do canário tem porta dos fundos.

— Não esteja tão certo disso, Dominic.

O sorriso dele empalideceu um pouco quando Dominic o pegou pelas golas do paletó e o puxou contra si até que os dois ficassem de narizes colados. A voz de Dominic mostrava uma calma mortal:

— No passado, sempre que eu prejudiquei você, a culpa foi de seu péssimo talento para os negócios. No futuro, será um pouco mais pessoal. — Ele deixou que suas palavras chegassem bem fundo na mente de Stephan antes de liberá-lo com um empurrão que o atirou para bem longe. — Saia, Stephan, antes que eu pare de pensar o quanto matar você afetaria este contrato.

O verniz de civilidade de Stephan rachou, revelando a profunda animosidade que ele sentia m relação a Dominic. Ele disse:

— Ninguém é intocável, Dominic. Duvido que você vá ser tão presunçoso da próxima vez que nos encontrarmos.

A resposta de Dominic foi um pequeno movimento de cabeça na direção de seus seguranças. Sensatamente, Stephan saiu, fazendo uma saudação sarcástica, se juntou a seu grupo e deixou a sala.

Dominic colocou o braço, possessivo, em torno da cintura de Abby:

— Não pense em sair correndo atrás dele.

Abby engasgou, surpresa, e se afastou um pouco para poder olhá-lo no rosto. Dominic falava sério.

— Você está louco?

Zhang comentou, atrás deles:

— E dizem que as mulheres são dramáticas!

Abby tentou se liberar do braço de Dominic, porém suas tentativas só faziam com que ele a prendesse ainda mais. Dominic disse a Zhang, sem voltar o rosto para olhá-la:

— Zhang, é melhor você rezar para eu não descobrir que você está envolvida com a vinda de Stephan para cá.

Zhang não era o tipo de mulher que aceitava ameaças e revidou:

— Você está em pânico, Dominic, mas acho melhor escolher seus adversários com cuidado. Você não vai sair vivo desse edifício se puser a mão em mim. — Ela caminhou até ficar diante de Abby. — Você não está sozinha, Abby. Se quiser, eu a coloco imediatamente dentro de um avião para qualquer parte do mundo que escolher.

Dominic olhou para Abby como se só agora notasse que a agarrava com força. Seu toque ficou mais suave, quase como um pedido de perdão, e seus tempestuosos olhos cinzentos buscaram os dela. Não parecia gostar da decisão que havia tomado. Ele a liberou, mas pediu a seus seguranças que se aproximassem.

— Ela não vai a lugar algum.

Um jovem chinês se aproximou, pedindo desculpas por interromper:

— Sr. Corisi, os jornalistas estão esperando o senhor na sala de conferências principal.

— Deixe-os esperar — respondeu Dominic.

O jovem mexeu nervosamente suas mãos.

— O ministro vai entrar na sala em minutos. Ele não pode entrar antes do senhor. Não é educado fazê-lo esperar. Por favor, senhor, precisa ir agora.

Zhang concordou com o estressado mensageiro:

— Não é bom para você começar essa nova aliança ofendendo o ministro de novo.

Jake falou, sua voz racional soou fora do lugar naquela sala vibrante de emoção.

— Eu posso levar Abby de volta ao hotel, se você quiser.

Essa sugestão desagradou visivelmente a Dominic, mas Jake não recuou. Abby entendeu que, apesar da briga de há pouco, a ligação entre aqueles dois se mantinha sólida. Jake estava disposto a suportar outro ataque do difícil temperamento de Dominic se isso significasse proteger seu amigo de um escândalo causado por suas fúrias. Seria por isso que ele estava pagando a Scott para vigiar Dominic? Agora fazia sentido.

— Não! — Disse Dominic, bruscamente. — Ela não vai a lugar algum. Não enquanto eu não descobrir qual foi o papel dela... E o seu.

Jake empalideceu um pouco, aceitando a crítica.

— Eu mereço. À luz dos acontecimentos de hoje, eu sei que o que fiz parece bem ruim, mas eu estava tentando antecipar o controle de danos. E só conheci Abby quando você a apresentou a mim. Você precisa acreditar.

Dominic continuou com a expressão fechada.

— Neste momento, não sei mais no que acredito, porém sugiro a você que fique bem quietinho até eu esclarecer tudo isso.

Jake balançou a cabeça, concordando.

— É justo. Mas eu continuo achando que você deveria me deixar levar Abby para longe daqui a fim de que você tenha tempo de esfriar a cabeça.

— Não. — A cortante resposta de Dominic ecoou no saguão vazio.

— Dom... — Jake ia começar a falar alguma coisa em seu tom frio e profissional.

Em resposta a um sutil gesto de Dominic, dois guarda-costas se colocaram ao lado de Abby com óbvia intensão de acompanhá-la para fora da sala.

— Levem-na para meu avião — ordenou ele, ríspido. — Abasteçam a nave. Vamos partir assim que eu terminar isso aqui.

As duas sobrancelhas de Zhang se ergueram quando ela escutou a demonstração de força de Dominic. Ela deu alguns passos até ficar bem perto de Abby, ignorando os dois seguranças que a ladeavam.

— Se a situação ficar complicada e você precisar de mim, me ligue — disse Zhang, colocando um cartão com seu número de celular particular nas mãos geladas de Abby.

Abby se inclinou e, instintivamente, abraçou a outra mulher. Surpresa, por alguns segundos, Zhang ficou rígida feito uma tábua e só depois retornou o abraço. Abby murmurou na orelha dela:

— Ele está bravo agora, mas ele jamais me machucaria.

Zhang se soltou do abraço de Abby e disse:

— Espero sinceramente que você esteja certa. Para seu bem.

Abby mordeu o lábio e observou a expressão tensa de Dominic. Por debaixo de seu exterior zangado existia o coração leal de um homem que desistira de tudo para procurar uma mãe que não havia se incomodado de escrever a ele um bilhete de despedida. Ele era o homem que havia tomado Sra. Duhamel sob sua proteção e tinha dado a ela segurança financeira quando muitos outros teriam deixado que ela sofresse as consequências das decisões de seu marido. Ele era um bom homem e estava chocado com aquilo que via como uma traição pública das pessoas que eram mais próximas a ele. Abby suspeitava que se ela dissesse a ele, agora, que queria ir embora, ele a deixaria partir. Mas era isso que ela queria realmente? Ontem ela se convencera de que podia se contentar com uma simples aventura e que seria capaz de ser feliz apenas com as recordações daquela paixão compartilhada. Afinal, ir embora e jogar pelo seguro era sua maior especialidade.

Contudo, isso era antes de ela descobrir o quanto o amava.

A determinação dele em mantê-la por perto acendeu alguma esperança no coração dela. Ele também não queria colocar um ponto-final no tempo que eles estavam vivendo juntos. Ele não era o tipo de homem delicado que sempre usa palavras floreadas. Ele era um homem de ação e seu comportamento dizia que, apesar do que havia acontecido, ele a queria junto dele. Por agora, isso bastava. Quando todo aquela poeira dos acontecimentos voltasse a baixar, eles voltariam a ficar sozinhos e ela poderia explicar a ele suas ações. Ele entenderia suas boas intenções e a perdoaria.

Dominic a havia mudado. Ela já não queria mais jogar pelo seguro e colocar sua vida nas mãos do destino, como em um sacrifício, esperando que isso minimizasse futuras perdas. Não, agora, ela queria tudo: o homem, a paixão, a promessa de "até que a morte nos separe".

Levantando o queixo, ela deixou que os guarda-costas a levassem até a saída, onde uma limusine esperava para levá-la de volta para o avião de Dominic.

"Vou deixá-lo me sequestrar."

DEZESSEIS

Sentada dentro do avião, enroscada no mesmo cobertor que usara na viagem para Pequim, Abby observava, pela janela, as pessoas andarem para a frente e para trás, nos preparativos para a partida. Havia guarda-costas dentro e fora do hangar. Estavam vestidos com a farda branca e preta de costume.

Aparentemente, Dominic não havia dado instruções a seus seguranças para serem agradáveis com ela. Eles se mantinham teimosamente em silêncio, apesar de seus esforços para conversar com eles. Antes de chegar ao avião, Abby havia feito uma pausa para só então entrar novamente por aquela porta. Uma enorme mão a empurrara para a frente, fazendo-a se voltar e dizer:

— Pare de agir como se eu estivesse sendo forçada. Eu estou indo porque eu quero.

Seu anúncio foi recebido com silêncio.

Pouco depois, um dos guarda-costas a seguiu pelo pequeno corredor até a porta do banheiro. Ela esticou um dedo bem na frente do rosto dele, avisando:

— Nem pense que vai entrar comigo ali. Você está com medo de quê? De que eu fuja do banheiro? Nem sequer há uma janela.

O homem simplesmente deu de costas para ela, enchendo o espaço do lado de fora da porta com seu corpo maciço. Ela precisou conter o impulso de jogar alguma coisa na cabeça dele. Quanto mais ela esperava pelo regresso de Dominic, mais sua ansiedade crescia, mas não tinha o que pudesse ser feito.

Havia quase duas horas que não recebia notícias de Dominic. Ela assistira à entrevista coletiva pela TV do avião. Por fora, Dominic parecia calmo. Ele respondia a questões sobre como ele havia planejado seu gesto de filantropia. E os líderes de uma porção de organizações o estavam parabenizando. As redes de TV do mundo todo o chamavam de empresário-modelo. As pessoas estavam falando que seu gesto criaria um novo e forte relacionamento entre a China e os Estados Unidos. Dominic aceitava os elogios com uma calma que eles pensavam ser humildade, mas que Abby sabia ser seu frio controle.

Durante a coletiva, um dos repórteres em vez de fazer uma pergunta, fez uma declaração. Ele disse:

— Ninguém sabia de nada, Sr. Corisi. O senhor pegou todo mundo de surpresa.

Dominic olhou diretamente para a câmera, diretamente para a alma dela e anunciou, em um tom gelado, contrariando estranhamente o caloroso elogio do jornalista:

— Muitas vezes, fica difícil de prever o que uma pessoa é capaz de fazer.

Abby desligou a TV.

Ele ainda estava bravo. Ela havia tido esperança de que o tempo o ajudasse a esfriar a cabeça ou que, depois de conversar com Scott, ele houvesse entendido que ela apenas encontrara Zhang, pela primeira vez, naquela viagem. Sem conspirações. Sem subterfúgios. Apenas boas intenções mal-entendidas.

Abby se aconchegou no cobertor e olhou o guarda-costas, que parecia satisfeito em vê-la quieta. Ela disse:

— Se você quer saber, o verdadeiro desafio seria me colocar para fora do avião.

Ele não disse nada e somente uma contração de seus músculos deu a ela uma resposta. Nossa, os caras eram bons mesmo!

Abby fechou os olhos e adormeceu, seu sono era agitado.

Abby acordou sendo carregada no colo por Dominic, como uma criança. O avião se movia na pista e ele a levava para o quarto.

Ele a colocou sobre a cama.

Abby abriu a boca para dizer alguma coisa, mas ele se inclinava sobre ela, como um pirata observando os despojos de suas conquistas, e os pensamentos coerentes voaram da cabeça dela. Os olhos de Dominic continuavam escuros de fúria. Os músculos dele estavam inchados de fúria contida e Abby pensou que jamais ele estivera tão sexy.

Ela se sentiu surpresa por descobrir que estar sendo sequestrada pelo homem que ela amava era bem mais do que apenas uma excitação sexual. Apesar de não fazer sentido, ela queria se deixar levar por essa fantasia e se entregar à emoção que sentia. A máscara fria havia desaparecido. No lugar dela, Abby estava vendo agora desejo por ela. Mas ele não parecia feliz com isso.

— Durma aqui — ordenou ele. — Eu preciso dar uns telefonemas.

Abby esfregou um dos olhos com as costas da mão e rolou para seu lado da cama, perguntando com voz rouca:

— Para onde estamos indo?

— Não estamos voltando para os Estados Unidos, se é isso que você quer saber — disse ele sério.

O remorso superou a fantasia de Abby. Ela se sentou na cama:

— Dominic, se você me escutar, eu posso explicar tudo o que aconteceu hoje.

A respiração dele ficou tão dura quanto um palavrão.

— Agora não estou com energia para escutar suas mentiras, Abby... se é que seu nome é mesmo esse.

— Eu jamais menti para você. — Ela se defendeu.

Os olhos dele se estreitaram.

— Você é boa, mas pode parar de fingir. Você não vai pegar o dinheiro que lhe ofereceram. Eu mesmo vou me certificar disso.

Frustrada, Abby bateu com a mão na lateral da cama. Por que ele estava tão determinado em acreditar naquela mentira?

— Como você pode pensar que eu fiz parte de um esquema contra você? Eu me lembro bem que quando nos conhecemos eu disse que não queria encontrá-lo de novo. Foi você que insistiu para que eu entrasse naquela limusine lá em Massachusetts. Eu não pedi para viajar para a China com você. Como eu poderia estar planejando alguma coisa contra você?

Dominic se afastou dela.

— Não estou surpreso por Zhang tê-la escolhido. Você mente fácil. Eu deveria ter deixado você na China.

Se ele pensava realmente isso, então não havia lugar para a fantasia sexual que ela construíra, nem a menor chance para reparar os danos causados por aquele dia no relacionamento deles.

Abby se sentou sobre os joelhos e retrucou:

— Então, por que você não fez isso?

Ele a olhou por cima do ombro, sua expressão alterada pelo sofrimento.

— Céus! Porque eu não fui capaz. Você é como uma doença sob minha pele.

Ele saiu, fechando a porta do quarto, e ela notou que sua mão tremia.

"Uma doença?"

Abby voltou a se deitar e escondeu a cabeça na almofada, gemendo.

Pela primeira vez, ela duvidava. Que diabos ela estava fazendo? Ele não a amava. Se a expressão dele dizia qualquer coisa, era que ele nem sequer gostava dela. Luxúria era uma substituição pobre para o amor.

Agora lhe parecia ingenuidade haver acreditado que uma explicação simples poderia retomar o ambiente de intimidade que eles haviam compartilhado na noite anterior. O que ela achou ser intimidade emocional era, na verdade, a ideia que ele fazia do sexo.

"Não", pensou ela. Aquele tipo de abertura não poderia ser falsa. Eles haviam se ligado. Ela não estava errada. Ela não poderia ter se enganado tanto. Por baixo de suas duras paradas ele ainda estava magoado.

E ela era a culpada.

Ela podia ter poupado a ele a humilhação pública se, na noite anterior, houvesse lhe contado tudo. Essa era a única parte que ela lamentava. Talvez ela precisasse contar isso a ele, talvez ele precisasse escutar isso, para eles poderem seguir em frente.

Ela saiu rapidamente da cama e caminhou pelo corredor até a sala principal, determinada a não ter tempo para pensar melhor no que estava fazendo. Quando ela entrou, Dominic levantou os olhos dos papéis que ele examinava. A expressão dele era de novo fria e lhe dizia que ela não era bem-vinda ali.

Abby parou no meio da sala, obrigando-se a ficar de braços caídos em vez de cruzá-los na frente do corpo, como estava com vontade de fazer. O objetivo era se aproximar dele novamente e consertar o que estava errado. Não poderia assumir uma posição de defesa enquanto estivesse ali para pedir desculpas.

— Lamento muito — disse ela, e ficou esperando.

Ele passou o dedo sobre o nariz e fechou os olhos.

— Estou certo disso. Pelo menos, você deve estar se lamentando por eu ter descoberto — respondeu ele, cansado.

Ela deu um passo em direção a ele.

— Eu lamento não ter lhe contado assim que soube que Scott estava enviando informações para Jake. Ontem, eu escutei uma conversa dele com os outros homens, lá no hotel. Eu deveria ter lhe contado à noite.

Os olhos cinzentos de Dominic estavam quase negros de emoção quando ele os abriu de novo, negros e ilegíveis.

— Também lamento não haver contado para você que Zhang queria me encontrar hoje. Ela me avisou que seu negócio corria perigo e disse que eu poderia ajudar.

A voz dele saía com uma aspereza com que Abby não estava acostumada:

— Mesmo que isso seja verdade, eu a avisei que alguém poderia usá-la para influenciar as negociações. Você se deixou cair nas mãos deles.

Abby engoliu em seco, se sentindo culpada.

— Eu sei.

— Você teve todo o tempo para me contar.

Abby olhou seus pés descalços e sentiu o quanto era frágil.

— Eu ia lhe contar, mas ontem à noite foi tão lindo. Eu fui egoísta. Eu sabia que tudo iria mudar no momento em que você soubesse. Eu disse a mim mesma que teria muito tempo para contar tudo pela manhã.

Se ela pensava que essa explicação iria fazê-lo mudar de ideia, ficou bem desiludida ao levantar seus olhos esperançosos. Não havia qualquer traço de perdão no rosto dele.

— Então, me obrigar a concordar com suas condições ou perder aquele contrato era sua solução?

Posto dessa forma, soava como uma condenação.

Ela precisava fazê-lo entender.

— Zhang disse que era a única maneira. Ela me contou que as negociações estavam correndo mal e que se você saísse da sala, mesmo que só por alguns minutos, perderia o contrato para um rival. Por isso Stephan estava lá, não é mesmo? Ele estava tentando acabar com seu negócio. Zhang estava certa.

— O que faz você pensar que era algo mais que um peão nas mãos de Zhang? Você acha mesmo que alguém como você, uma simples professorinha, pelo amor de Deus, entende alguma coisa de negócios internacionais? — Suas palavras cortantes ficaram pesando no ar que os dois respiravam.

A vergonha desceu sobre Abby como um manto frio, mas ela a chutou rápido para bem longe. Os olhos dela encontraram os dele e Abby se defendeu:

— Por que você não conta para mim como realmente está se sentindo, Dominic?

Ele ficou de pé, espalhando no chão, a seu redor, alguns dos papéis que estava examinando.

— Você era um divertimento. Eu a trouxe comigo nesta viagem para manter minha cabeça distante dos problemas desta semana horrível. Mas você não conseguiu ficar longe de meus negócios. Não, você precisou se envolver.

Ele a havido usado e essa confirmação machucou Abby profundamente. Desde o início ela sabia que uma mulher como ela não tinha lugar na vida dele, mas começara a pensar que era mais do que uma simples parceira sexual. Como pudera ser tão estúpida? Abby tapou sua boca com uma mão gelada.

— Eu achei que estivesse lhe ajudando. Achei que você estivesse precisando de mim.

O tom sarcástico da voz dele era um punhal se espetando no coração de Abby:

— E esse foi seu erro.

Abby retrucou:

— Agora eu entendo por que sua mãe deixou seu pai. Se ele era como você, ela estava certa em querer fugir. Provavelmente ele a tratava com desprezo e a deixava longe de seus negócios. Não para protegê-la, mas simplesmente porque ele se achava melhor do que ela. — Abby endireitou os ombros e segurou as lágrimas que queriam brotar de seus olhos. — Você e ele trataram Nicole da mesma maneira então, por que eu deveria esperar que fosse diferente comigo? Oh, meu deus, e eu que achei que toda essa sua conversa de durão era sexy... Mas agora estou vendo o que significa. Você tem medo de deixar alguém chegar perto e por isso você trata todo mundo mal.

Ela deu as costas, desgostosa, mas se lembrou de outra coisa e precisou falar. Se voltou um pouco para ele e disse:

— Eu pensei que amasse você, mas eu não o conhecia. Você pode ter todo o dinheiro e o poder do mundo, mas não me merece. O homem a quem eu darei meu coração precisa me enxergar como parceira e me deixar entrar completamente em sua vida. Ele não tentará me deixar trancada em casa ou só me visitará nos intervalos de suas viagens de negócios. Ele partilhará toda sua vida comigo, e nossos filhos serão adultos saudáveis e não monstros emocionalmente estéreis feito você.

Dominic disse, em uma voz monótona:

— Vá dormir um pouco. Em algumas horas aterrizaremos em minha ilha particular, na Itália.

Abby bateu a porta do quarto, deixando que o estrondo fosse sua resposta. Ela pegou o telefone do avião e discou o número do cartão amassado que estava em seu bolso.

— Zhang? Se era verdade o que você disse sobre me ajudar, se fosse o caso, esse é o momento. Nós estamos viajando para a ilha de Dominic, na Itália, e eu quero sair de lá assim que você mandar um avião para me buscar.

Abby segurou a respiração. Se Dominic estava certo, Zhang não teria razão alguma para ajudá-la naquela situação. Se ela havia sido mesmo um peão em suas mãos, ela saberia disso agora.

— Nem desfaça suas malas — respondeu Zhang. — Você estará voando de volta para sua casa minutos depois de aterrizar lá.

Abby sentiu um enorme alívio. Ela podia ter se enganado sobre Dominic, mas o apoio de Zhang havia sido sincero. As lágrimas que

Abby estava segurando brotaram de seus olhos. Ela sentiu a garganta se apertar, ficando quase impossível dizer qualquer coisa.

— Ele não me ama, Zhang. Ele nem sequer me respeita.

— Preciso matá-lo? — Zhang perguntou, séria. Estranhamente, Abby se sentiu reconfortada com aquela oferta extrema de Zhang. Fazia muito tempo desde que alguém se incomodara em defendê-la. Ela havia carregado a vida de outras pessoas por tanto tempo que quase havia se esquecido de como era ser ajudada pelos outros.

— Não — respondeu Abby. — Mas eu quero ir embora.

Parecendo aliviada, Zhang disse:

— Considere isso feito. — E desligou.

Abby deixou o telefone cair algumas vezes antes de conseguir colocá-lo de novo na parede. Suas mãos tremiam de emoção quando ela se deitou novamente e soltou as lágrimas. Os soluços faziam seu corpo estremecer e ela queria que Dominic a escutasse e tivesse ao menos um pouco de pena por ser tão bobo.

Dominic varreu com a mão os papéis que ainda estavam sobre sua mesa e ficou os vendo cair sobre o tapete do avião. Ele ligou o rádio para abafar o som dos soluços de Abby e caminhou de um lado para o outro da sala.

Como ele havia se tornado igual a seu pai? Depois de uma vida inteira desprezando aquele homem pelo modo como tratava sua mãe, Dominic estava tratando Abby de maneira semelhante. Até mesmo o tom depreciativo e superior de sua voz o fazia lembrar de seu pai e de como Dominic havia jurado jamais ser igual a ele.

"Nossa! Abby está certa."

Não havia mistério algum no desaparecimento de sua mãe e no modo como ela decidira se afastar da vida deles.

Ele ficara cego de raiva, recusara-se escutar as explicações de Jake e nem mesmo parara um segundo para ouvir Zhang lhe dizer que o tempo revelaria a inocência de Abby. No entanto, seus vários contatos não encontraram ligação alguma entre Zhang e Abby ou entre Abby e Jake. Seus seguranças pessoais haviam revirado tudo e encontraram apenas alguns torpedos de Jake pedindo que Scott seguisse Dominic de bar em bar e providenciasse uma maneira de ele voltar de táxi se Dominic ficasse bêbado demais para dirigir. Outro torpedo dava instruções a Scott para manter os jornalistas longe de Dominic e informá-lo se Dominic fizesse alguma coisa que pudesse ser ruim para sua imagem ou para ele próprio.

Dominic havia adiado sua volta ao avião a fim de que sua equipe tivesse mais tempo para pesquisar sobre os acontecimentos recentes. No entanto, a cada descoberta, as evidências viravam mais inegáveis.

Abby podia estar falando a verdade.

Ele lembrou o primeiro encontro deles e a maneira simples como ela estava vestida. Calça jeans e camiseta não eram as roupas de uma garota de programa contratada para seduzi-lo. E se ela estava mesmo ajudando a irmã? Ela havia dito que ele não precisava se preocupar com ela. E ele havia retribuído perseguindo-a por toda a casa e insultando-a com a oferta de dinheiro em troca de sexo.

Quando ele olhava para trás e se lembrava do tempo em que haviam passado juntos, se sentia envergonhado por suas ações como jamais se sentira antes. Por todo esse tempo, Abby havia lhe oferecido companhia e apoio. Graças a ela, ele havia vivido alguns dias simplesmente como Dominic; não como o filho rebelde, não como o magnata milionário, apenas como um homem vivendo o luto por uma perda.

Dominic gemeu ao se lembrar de tudo isso e do modo como se comportara. Ele havia zombado dela por ser apenas uma professora de ensino médio quando, na verdade, tratava-se de uma das muitas coisas que ele admirava nela. Ao contrário dele, Abby tinha paixão por seu trabalho e o que a motivava não era ganância ou ganhos pessoais. E havia sido esse desejo de ajudar que a levara a acompanhá-lo naquela viagem para a China.

Era possível que Zhang houvesse usado a preocupação de Abby em relação a ele para manipulá-la e fazê-la entregar aquelas páginas adicionais do contrato; e isso havia obrigado Dominic a seu primeiro ato de filantropia. Apesar de ter sido contra sua vontade, sua empresa era responsável agora por um impacto cultural muito positivo para milhões de mulheres e abria caminho para que outras empresas dessem seu apoio a causas sociais internacionais e, surpreendentemente, saber isso enchia Dominic de um perturbador sentimento de satisfação.

A mídia o chamava de herói, mas Abby é que era a verdadeira heroína.

Sem ela, a essa hora, ele estaria pensando que o mundo o havia trapaceado e merecia o troco. Como ele podia ter se tornado tão politicamente poderoso sem jamais pensar no quanto poderia usar sua influência para melhorar a vida de pessoas menos afortunadas? Havia sido por arrogância ou obsessão que ele sempre negociara com países do terceiro mundo sem jamais pensar que poderia fazer mais do que alterar suas taxas de câmbio?

Em menos de uma semana, Abby o havia mudado para sempre. E o que ele havia dado a ela?

Ele invadira sua vida, a chantageara, a usara e a arrastara para a China por razões puramente egoístas.

Não, não havia muito da última semana de que ele pudesse se orgulhar.

Como tinha sido aquela viagem para ela? Ele podia apenas imaginar e, uma vez mais, se surpreender com a força do caráter dela. Ele se lembrava de que ela havia lhe contado que jamais viajara para o exterior. No entanto, ela o acompanhara naquela viagem sem reclamar. Ela aceitara ser depositada em um hotel, em um país estrangeiro, com guarda-costas que ela nem conhecia.

Ela devia ter se sentido apavorada quando escutou os guarda-
-costas conversarem que andavam vigiando ele; se tornara impossível confiar nas únicas pessoas que ele havia dito a ela que eram de
confiança. Por que ela não contara imediatamente para ele o que
havia escutado? O que ela havia dito? Ela queria mais uma noite de
intimidade com ele antes de contar as más notícias.

Ele não podia culpá-la por isso. Não havia sido ele a falar, muitas vezes, que aquilo que estava acontecendo com eles era apenas
temporário? Ele imaginara que somente ao dizer isso estaria ganhando controle sobre sua própria resposta emocional a ela. Em
vez disso, ele a fizera se calar quando Abby mais tinha precisado de
conversar com alguém.

Até mesmo os homens da equipe de Scott garantiram a Dominic que Abby apenas havia encontrado Zhang, pela primeira vez,
no dia anterior. Scott admitira que ele próprio dissera a Abby que
não havia problema algum em aceitar o convite para tomar um chá
com Zhang. Ela também havia contado a Dominic todos os detalhes da visita que haviam feito à cidadezinha do interior, quando
Zhang quis apenas mostrar para Abby o quanto as mulheres das
áreas rurais da China precisavam de apoio para estudar. Na hora,
Dominic não acreditara em suas palavras, supôs que fizessem parte
de sua teia de mentiras, mas agora ele estava começando a acreditar. Uma pessoa como Abby era fácil de se manipular. Haviam ga-
rantido a ela que os negócios de Dominic dependiam de sua ação e
ela havia sentido que seu apoio era absolutamente necessário, por
isso Abby fez aquilo que ela achava que era o certo. Especialmente,
como ela mesma admitira, porque o amava.

Dominic gemeu.

Todas as decisões de Abby estavam fazendo sentido quando ele
se perguntava o que, em cada situação, faria uma pessoa boa, moral
e apaixonada. Nada estava em contradição com o modo como
Abby vivia sua vida. Ela sempre arriscava quando achava que era
importante.

Ele a arrastara para a situação sem sequer prepará-la para isso. E ela havia se saído bem, agindo com bastante confiança, considerando os desafios que havia enfrentado. Ele jamais poderia ter certeza de que o negócio teria sido mesmo fechado sem a adenda ao contrato, mas a presença de Stephan era a confirmação das forças que trabalhavam contra ele. Ninguém poderia negar que a oferta das bolsas de estudo fora responsável por fechar o negócio.

Cinco por cento dos lucros de uma empresa como Corisi Enterprises não fariam falta a ele e a fama mundial que seus negócios ganhavam com essa doação não tinha preço.

Quanto mais ele pensava em como Abby encarara cada desafio, mais ele a admirava. Ela havia caminhado corajosamente na direção do Ministro do Comércio e entregado a ele os documentos como se fizesse isso a toda hora. Ela não podia saber com certeza se esse ato faria dele um herói ou um criminoso, mas ela se arriscara, tendo como único propósito salvar a empresa dele. E como ele havia agradecido a ela? Com acusações horríveis, sequestro e ainda mais insultos.

Ela estava certa, ele não era bom o bastante para ela. Abby merecia alguém que soubesse tratá-la como a pessoa maravilhosa que ela era. Dominic sentiu seu estômago dar voltas ao imaginá-la com outro homem.

"Preciso encontrar uma maneira de resolver a situação."

O celular de Dominic tocou com o toque característico de Jake. Ele atendeu. Ele merecia ouvir o sermão que o amigo iria lhe dar.

— Você está louco, Dom? Perdeu o juízo? — Dominic afastou o celular de sua orelha. Jake jogara fora sua calma habitual e estava gritando. — Mande esse avião mudar de rumo e leve Abby para Boston antes que isso vire um escândalo internacional que anulará seu contrato com a China e o colocará na prisão.

— Eu a amo, Jake — disse Dominic, e caiu na cadeira, se dando conta do que ele acabara de admitir. — Mas eu estraguei tudo.

Jake suspirou antes de dizer:

— Você acha? — E sua respiração continuou bem audível. — Abby ligou para Zhang, chorando. Agora você tem uma mulher asiática superchateada convocando apoio militar para Abby em, pelo menos, dois continentes. A imprensa já está sabendo. Dessa vez, nem mesmo Murdock vai poder parar essa história. Eles já estão sabendo da verdade por trás da emenda do contrato e eles também já sabem que você a obrigou a viajar contigo. Pode agradecer a Stephan por isso. Abby virou uma celebridade global instantânea: a professorinha que tornou possível a universidade para todas as mulheres na China. E estão falando de você, claro. A imprensa diz que você é romântico e louco. Você precisa trazê-la de volta.

Dominic passou a mão por seus cabelos despenteados.

— Jake, você acha que a gente sempre repete os erros de nossos pais? Eu acho que fiquei como meu pai.

Jake respirou bem fundo, se acalmando.

— Você não é seu pai, Dom, e todos nós temos controle sobre o tipo de pessoa que nós somos. Cada palavra que a gente fala, cada ação que a gente faz nos definem. Se você quer deixar de se portar feito um idiota, mande o piloto vir para Boston.

O que Jake dizia era bem racional, mas a verdade é que Dominic não queria levar Abby para Boston. Ele acabara de descobrir que a amava. Não poderia deixá-la ir embora agora. O que não queria dizer que ele pudesse ser um homem melhor. Abby merecia um homem melhor. Ele não sabia bem como seria, mas iria deixar que ela lhe mostrasse.

— Eu não vou levá-la de volta a Boston. Qual é minha outra opção?

Jake murmurou várias imprecações e então sugeriu:

— Que tal se desculpar e dizer a ela que você a ama? Sei lá, uma coisa doida feito isso.

"Genial!", pensou Dominic.

— Eu vou fazer isso. Você está certo. A solução é bem simples.

Dominic ouviu um som estranho do outro lado da linha, como se Jake estivesse batendo o celular em sua cabeça. A preocupação dele se refletia em sua voz.

— Nada é simples em se tratando de mulheres, mas se você a ama mesmo, então está na hora de contar isso a Abby.

— Agora estou recebendo orientação sentimental de um celibatário juramentado? — Zombou Dominic.

Jake já estava calmo o bastante para entrar na brincadeira:

— Por que você acha que eu ainda estou solteiro? Eu conheço bem a mente feminina.

De repente, Dominic tomou sua decisão. Uma semana atrás ele teria compartilhado do horror a compromisso de Jake. Agora, ele desejava que aquela transa sem camisinha que acontecera entre ele e aquela mulher que ele não conseguia imaginar longe de sua vida criasse laços ainda mais profundos.

— Eu vou fazer isso. Eu vou dizer a ela que a amo. Obrigado, Jake.

Jake ainda completou, contrariado:

— Boa sorte, Dom.

Dominic desligou seu celular, confiante. Abby já havia admitido que o amava. Ele acabara de descobrir que também a amava. Agora, ele só precisava ir até lá e contar a ela como se sentia.

"Nossa! Eu vou até pedi-la em casamento."

O que poderia dar errado?

Abby levantou seu rosto molhado e manchado da almofada quando escutou a porta do quarto se abrir. Sua cabeça doía e seu rosto estava inchado. Ela se sentou e pegou a caixa de lenços que estava na pequena prateleira perto da cama. Depois de assoar o nariz, bem alto, agarrou a caixa junto a seu estômago.

— O que você quer? — Perguntou ela, sua voz grave soando estranha até para si mesma.

— Eu te amo — disse ele, como se tais palavras apagassem a última conversa entre eles.

— Não, você não me ama. — Abby não havia sentido a felicidade que imaginara quando escutasse ele lhe dizer aquilo.

As sobrancelhas dele se uniram de irritação e Dominic caminhou até ficar ao lado da cama.

— Sim, amo.

Abby assoou de novo o nariz, puxou uma pequena lata de lixo que estava no chão e começou a enchê-la com lenços sujos.

— O que aconteceu? Jake telefonou e contou para você que Zhang vai me ajudar a me livrar de você assim que aterrizarmos?

Ele se mexeu, desconfortável.

— Jake me ligou, sim, mas nós podemos falar sobre isso mais tarde. Eu descobri que te amo.

Abby abraçou com ainda mais força a caixa de lenços e se obrigou a ser realista. Ela precisava deixar de presumir que ele estava dizendo o que ela gostaria de ouvir.

— Não, você não me ama. Você está achando isso porque não pode me ter. Você não gosta de perder. Isso não é amor.

Dominic tensionou a mandíbula, frustrado.

— Você é a mulher mais teimosa do mundo. Abby, você já me disse que me ama. Deveria estar se sentindo contente.

Abby jogou a lata do lixo na cabeça dele, mas não acertou o alvo porque ele se abaixou na hora certa.

— Eu vou ficar contente quando voltar para Boston e estiver tentando esquecer que conheci você.

— Você não vai voltar para Boston. — Os olhos de Dominic brilhavam de determinação.

— Não vou ficar com você em sua estúpida ilha particular — respondeu Abby.

— Isso é o que vamos ver — disse Dominic, bancando o idiota que ela achou que ele realmente era quando o conhecera.

No entanto, ela não deixara se intimidar por ele e estava na hora de ele saber disso:

— Sim, isso é o que vamos ver!

— Tudo bem — disse ele, caminhando até a porta do quarto.

— Tudo bem — repetiu ela, e jogou a caixa de lenços na direção dele, dessa vez o acertando.

Dominic saiu, fechando a porta atrás de si.

Abby assoou o nariz novamente.

"Idiota arrogante!"

Mesmo que ele a amasse de verdade, não seria um amor saudável. Certo, ceder agora daria a ela mais uma noite de paixão, mas e depois? Ela não podia passar uma vida inteira aceitando as sobras emocionais que ele estava disposto a lhe oferecer nos intervalos de suas reuniões de negócios. Melhor acabar tudo agora, antes que ela se aapaixonasse ainda mais por ele.

Se sentindo infeliz, Abby se pôs de bruços e escondeu seu rosto no tecido frio do travesseio. Sua vida depois de Dominic não seria fácil. Talvez ela pudesse trabalhar como professora no exterior, por um ano. Ela não seria capaz de voltar para sua vidinha calma nos subúrbios.

Não, ela não faria nada disso. Não iria fugir. Sim, a vida era injusta. Sim, o amor machucava a gente, mas ela não iria deixar que aquela maneira feia como ela e Dominic haviam terminado tudo apagasse as coisas boas que aconteceram naquela semana.

Ela não abandonaria Lil agora, não quando ela estava descobrindo como consertar o relacionamento entre elas. Lil merecia o tipo de irmã que Zhang estava sendo para Abby, o tipo de irmã que apoia, que não julga, que primeiro se oferece para matar e só depois pergunta o porquê. Bem, matar talvez não, Abby pensou, sorrindo entre lágrimas, mas seus dias de irmã mandona haviam terminado. Zhang mostrara a ela o poder do apoio incondicional e isso havia mudado a maneira como Abby amaria no futuro.

Abby estava ciente de que, depois que a dor por perder Dominic passasse, ela seria uma pessoa melhor por tê-lo conhecido. Abby não podia odiá-lo por não amá-la. Ele a advertira um monte de vezes para que não ficasse esperando muita coisa do relacionamento deles. Ele não poderia ter sido mais claro. Ele jamais falara do caso deles como algo além do que dois adultos sentindo uma forte atração sexual um pelo outro.

Nenhuma mulher em seu juízo perfeito teria se permitido se apaixonar por um homem como Dominic, especialmente quando eles haviam se conhecido fazia menos de uma semana. "Meu Deus", pensou Abby, "faz tão pouco tempo assim?" Einstein estava certo, o tempo é relativo. Sua vida toda havia se transformado por completo durante aqueles dias.

Fora doloroso escutar a declaração de amor de Dominic, mas um dia isso lhe daria algum conforto, quando Abby olhasse o passado para se lembrar daqueles dias que eles haviam passado juntos. Mesmo que ela não fosse exigente, ficaria afastada da vida dele, de suas ordens... Porém, provavelmente, ele a amava a seu modo. Apenas seus conceitos de amor eram bem diferentes.

Embrenhada em seus próprios pensamentos, ela não escutou quando a porta voltou a se abrir. Ela só deu pela presença de Dominic quando o cobertor se mexeu sob o peso dele, quando ele se sentou na cama, ao lado dela.

— Alguém já lhe disse o quanto você é irritantemente teimosa? — Perguntou ele, em um tom de voz que, Abby tinha certeza, já havia intimidado muitas pessoas antes dela.

Como de hábito, isso não a impressionou. Ele apenas mostrava o quanto era arrogante e convencido.

O tecido do travesseiro abafou um pouco a resposta dela:

— Alguém já lhe disse que você é um idiota?

— Volte seu rosto para mim, Abby, e me escute — ordenou ele, colocando uma das mãos sobre o ombro dela.

— Não — respondeu ela, e rejeitou a mão dele. Olhar seria ruim. Olhar levaria a desejar. Desejar levaria a esquecer o quanto era importante terminar o relacionamento deles agora. Não olhar.

— Eu não vou falar para suas costas — disse ele, um pouco irritado.

— Ninguém está pedindo para você fazer isso. — Ela se recusava a ceder. "Saia", pediu ela em pensamentos. "Saia enquanto tenho coragem para deixar você sair."

— Raios, mulher, estou tentando pedir perdão a você — disse ele, em tom frustrado.

Pedir perdão? Abby fungou. Não, ela precisava escutar aquilo. Ela se voltou, limpando uma lágrima de seu rosto.

— Sério? Vá em frente — desafiou ela.

A expressão dele estava tensa de emoção. Seus olhos negros como carvão a olhavam e, se ela estivesse em pé, isso teria feito os joelhos de Abby fraquejarem. Ela não deveria ter olhado. A urgência que ele demonstrava por ela merecia uma recusa absoluta. Ela ainda estava brava com ele. Não era hora de ficar imaginando como seus mamilos ficavam sensíveis sob o calor da língua dele.

Travando sua própria batalha interna, ele disse, quase desafiante:

— Lamento.

Abby ainda estava brava, mas sua raiva era contra ela mesma. A moça jamais o convenceria a mudar o rumo daquele avião se lutasse contra a reação que ele provocava nela. E não importava o quão boa seria mais uma sessão de sexo, isso não mudaria a infelicidade que eles estariam provocando um no outro. Ela precisava se lembrar disso. Ela precisava ser forte pelos dois. A raiva funcionava como um bom escudo.

— Você não parece lamentar.

Os ombros dele caíram levemente. Quando ele recomeçou a falar, sua voz estava rouca de emoção.

— Não sou bom em fazer isso, mas lamento.

— Lamenta o quê? — Perguntou Abby, lutando contra o tsunami de perguntas que surgia dentro dela. Ela precisava saber o que ele lamentava exatamente. Tê-la levado naquela viagem? Suas palavras duras dessa manhã? Ou, e isso era a pior hipótese de todas, ele lamentava ter mentido para ela quando dissera que a amava?

— Por tudo o que você me acusou de fazer e de ser. Você estava certa sobre tudo. — Abby sentiu seu coração se quebrar, até que ele esclareceu: — Lamento por tudo, exceto a última parte, sobre eu não te amar. Eu posso não ser o marido ideal. Nossa, em nem sequer sou lá uma pessoa muito legal, mas eu te amo.

A felicidade aumentou e diminuiu rapidamente. O pedido de desculpas, apesar de haver sido comovente, não mudava nada. Era mesmo como ela vinha suspeitando. À sua maneira, com suas regras, ele a amava. Mas no que se transformaria esse amor quando o calor do momento passasse? Até mesmo ele sabia que não havia sido feito para casar.

— O que você está dizendo, Dominic? — Perguntou ela, sua voz cansada.

Ele colocou uma mão em cada lado dela e se aproximou tanto que Abby podia ver as manchas negras em seus atormentados olhos cinzentos.

— Eu não queria ter dito aquele monte de bobagens. Eu estava irritado. Isso não é justificativa para o que eu lhe disse, mas você precisa saber que eu acredito em você. Eu sei que você só estava tentando me ajudar. Eu não queria admitir para você que, provavelmente, sua ajuda salvou minha empresa. Eu deveria estar grato a você e, em vez disso, eu a tratei mal. Você merece um homem que a trate como um parceiro a altura.

O estômago de Abby se agitou de emoção. Um dia, ela se lembraria e então se sentiria confortável com o pedido de desculpas dele, mas no momento não era o bastante para afastá-la de sua decisão.

— Sim, eu mereço.

Ele acariciou suavemente os cachos dos cabelos dela e depois pousou a mão em sua cabeça.

— Eu sei que eu não fiz nada para provar isso a você, mas eu posso ser esse homem, Abby.

Ela ergueu a mão e acariciou o queixo dele.

— Obrigada por pedir perdão, Dominic. Eu jamais me perdoaria se nós deixássemos esse assunto por resolver, mas nós dois sabemos que não funcionaria. Nós somos muito diferentes.

O rosto dele se contraiu dolorosamente e a urgência encheu sua voz.

— Eu não vou levá-la de volta para Boston.

Abby colocou um dedo sobre os lábios dele.

— Eu não posso fazer isso, Dominic. Eu pensei que ficar junto de você bastaria, mas não basta. Não vamos tornar as coisas ainda mais difíceis. Perder você dói demais.

Dominic segurou a mão dela.

— Não precisa ser assim. Eu quero me casar com você.

Com o rosto triste, Abby soltou a mão.

— E o que acontecerá depois, Dominic? Você vai me deixar fechada em uma mansão nos Hamptons e me visitará nos intervalos de seus negócios? Eu preciso de mais. Eu quero o pacote completo: casa, filhos, alguns cães e um marido que compartilhe esse sonho. Eu quero o tipo de casamento que meus pais tiveram. Não me peça para aceitar menos que isso, Dominic. Eu não suportaria.

Dominic se inclinou para olhá-la nos olhos.

— Eu também quero isso tudo, Abby. Peço que me dê uma chance e eu passarei o restante de minha vida provando isso a você.

— Não. — Abby respondeu, soluçando. Ela achava que, no calor do momento, ele lhe prometia tudo mas que, no fim, não provaria nada. — Não fale assim. Já está sendo duro demais me separar de você. Não me dê mais motivos para sofrer.

Dominic a puxou para junto de seu corpo e disse:

— Como eu posso lhe convencer? Como posso fazer com que acredite em mim?

Abby se afastou, escondendo o rosto no travesseiro. E respondeu, triste:

— Mande o avião mudar de rumo, me leve de volta para Boston e saia de minha vida. Prove para mim que minha vontade é mais importante para você do que sua vitória.

Ele ficou em silêncio por um momento antes de responder:

— É realmente isso que você quer? Boston?

— Sim — murmurou ela.

— E você também quer que eu saia de sua vida? É isso?

Ela sentiu a dor na voz dele, mas não deixou que isso mudasse sua decisão. O que aconteceria se ela fraquejasse? Ela se tornaria mais um troféu para ele colocar em uma de suas muitas mansões? Não era esse o tipo de vida que ela queria.

— Sim — murmurou ela. — Saia de minha vida.

Ele ficou sentado, quieto, ao lado dela, por um tempo que pareceu a ela uma eternidade.

— Ok — disse ele, simplesmente, se levantando.

Abby girou a cabeça, surpresa:

— Ok?

A mão de Dominic, que segurava a maçaneta da porta, estava branca, porém, estranhamente, sua voz saiu sem emoção alguma:

— Ok, eu vou levá-la de volta a Boston. Vou mandar uma limusine esperar por você no aeroporto e levá-la para casa.

Quando Dominic abriu a porta para sair, Abby precisou morder o lábio para não gritar que ele não fosse embora. Seus turbulentos olhos cinzentos pousaram nela quando ele falou:

— Mas eu amo você e eu mudei por sua causa. Se você me desse uma chance, eu lhe provaria isso mesmo. Diga uma palavra e eu largo minha empresa e nós dois começamos tudo do zero. Construiremos uma vida nova. Juntos. Seremos parceiros em tudo o que decidirmos fazer. Eu não quero saber de dinheiro. Só você me importa agora.

As palavras dele bateram direto no peito de Abby. Ele fechou a porta suavemente antes de ela ter tido tempo de se recuperar.

"Ele não estava falando a verdade. Ele não poderia estar falando a verdade."

Momentos depois, Abby sentiu o avião se curvar para a direita, ajustando sua rota de voo. Em menos de um dia ela estaria de volta em casa. Era o melhor. Uma confusa mistura de alívio e tristeza desceu sobre Abby.

Ela foi se sentar junto da janela. Ficou olhando as nuvens, por baixo do avião, e pensando que talvez houvesse sido injusta em seu julgamento de Dominic. Se ele era mesmo um arrogante insuportável e egoísta, por que o avião estava voltando para Boston? Um homem como o pai dele jamais teria se oferecido para mudar sequer de camisa só para agradar sua esposa, mas Dominic se dispusera a mudar toda sua vida por ela.

E se ele estivesse falando sério?

Ela não havia decidido, em Pequim, que faria de tudo para tê-lo de volta? No entanto, ele estava ali, se oferecendo para jogar fora todo seu trabalho para ficar somente com ela, e ela se escondia no quarto ao invés de se jogar triunfantemente nos braços dele.

Por quanto tempo mais ela permitiria que o medo dominasse sua vida? Ele havia dito que a amava e que queria passar o resto de sua vida do lado dela. O que mais ela estava querendo? Relacionamento algum tinha garantia.

Ele a amava o bastante para deixá-la ir embora. Agora a pressão estava do lado dela. Ela o amava o bastante para ficar?

Um SIM ecoou em seu coração, em sua cabeça, em sua boca.

Ela pulou do banco e cruzou o quarto. Com todo o entusiasmo de uma mulher que acabava de descobrir que seu homem não só a amava como também a amava o bastante para sair de sua vida quando ela pedira, Abby abriu a porta.

E ela quase esbarrou com Dominic, que estava parado do outro lado.

Ele colocou rapidamente seu celular no bolso.

Abby disse rápido:

— Eu não quero voltar para Boston e não quero que você saia de minha vida. Eu quero que você compartilhe a vida comigo. Eu te amo, Dominic.

Ele a tomou em seus braços e a beijou avidamente. As mãos deles se exploravam mutuamente com a febre dos amantes que se reencontram. Ele terminou o beijo e enterrou a cabeça no pescoço de Abby. Ela o sentiu ele sorrir contra sua pele:

— Então, posso ligar para Scott e dizer que ele precisa descobrir outra maneira de ficar com minha empresa? Ele foi fantástico ao se oferecer para me ajudar a levá-la para um lugar seguro se eu não a convencesse a mudar de ideia antes do pouso.

Abby deu um salto atrás e fingiu se sentir indignada:

— Você ia me sequestrar de novo?

Ele a abraçou, puxando o corpo dela para bem junto do dele e zombou:

— Também conta como "de novo" se eu jamais deixar que você fique longe de mim?

Ficava difícil se sentir brava com Dominic quando ele a segurava assim tão perto. Abby teve aquela sensação familiar de borboletas de antecipação batendo asas dentro de seu estômago. No entanto, ele precisava saber que as coisas não iriam ser sempre assim.

— Não tem graça. O que aconteceria com sua prova de amor, que seria me deixar ir embora?

Um sorriso tímido se desenhou no rosto dele, desaparecendo quase tão rápido como havia aparecido.

— Eu nunca concordei com isso. Eu apenas disse que a levaria de volta a Boston. Deixar você ir embora jamais passou por minha cabeça.

Abby bateu a mão no peito dele.

— Eu vim até aqui porque pensei que você me amasse o bastante para me deixar ir embora.

Ele segurou as mãos de Abby e disse:

— Eu não te amo tanto assim. — Ela ficou ofegante com o choque que levou, mas a explicação dele lhe aqueceu o coração. — Eu te amo muito mais do que isso. Me peça para abrir mão de minha empresa, me peça para eu mudar para Boston e virar funcionário de uma empresa, trabalhando das nove às cinco, e eu faço tudo isso por você. Eu faço porque eu te amo muito. Mas não me peça que eu saia de sua vida. Eu não posso sair de sua vida. Eu preciso de você.

Com um grito de felicidade ela se jogou nos braços dele. Lágrimas de felicidade corriam por seu rosto.

— Eu nem sei o que eu faria se você tivesse me escutado e nosso relacionamento acabasse.

Ele a levantou em seus braços por um momento e disse:

— E você nunca vai ficar sabendo, porque eu não vou a lugar algum, e você também não. Case-se comigo, Abby.

A maioria das mulheres teria gritado: SIM! Mas Dominic não havia escolhido nenhuma delas. Ele havia escolhido Abby; uma mulher que considerava uma forma de preliminar fazer subir a pressão de Dominic.

— E você? — Indagou ela, ambígua.

A pergunta o confundiu por um momento. A cabeça dele se inclinou um pouco para o lado:

— Eu o quê?

A voz dela era formal como a de uma bibliotecária:

— Um pedido de casamento se faz, normalmente, com uma pergunta, e não com uma ordem. — Em resposta ao olhar surpreso dele, ela lhe forneceu a pergunta: — Você quer se casar comigo?

— Sim, quero. Obrigado por pedir. Eu vou querer contar para nossos futuros filhos que foi você que me pediu em casamento. — Dominic deu uma risada e nem tentou disfarçar sua alegria por tê-la manipulado.

— Eu não estava lhe pedindo em casamento! — Disse Abby, tentando não rir. Ela bateu no ombro dele, mas isso só o fez rir ainda mais. — Tome ele de volta.

Ele chegou mais perto dela, a abraçando de novo:

— Você está querendo que eu tome de volta meu sim?

Não importava que soasse irracional, Abby mesmo assim falou:

— Quero. Você não vai contar para nossos filhos que eu he pedi em casamento quando estávamos voando de volta para Boston depois de você ter me sequestrado.

Dominic segurou o rosto dela com suas mãos e a beijou suavemente, rindo contra os lábios dela:

— O que interessa quem pediu se o resultado é o mesmo?

"Absolutamente."

Ela respondeu apenas com um estreitar de olhos. Abby achava que seu homem era inteligente o bastante para interpretá-la. Ele parou de rir e colocou as mãos nos ombros dela.

— Abigail Dartley, você quer se casar comigo?

Dessa vez ela decidiu deixar de lado a provocação e se jogou nos braços dele:

— Sim! Sim! Sim!

Em meio aos beijos, ele perguntou:

— Você ainda quer conhecer minha ilha?

— Agora? — Perguntou Abby, não conseguindo respirar. — Nós podemos ir lá?

Com os lábios ligeiramente franzidos por causa da ironia da situação, Dominic respondeu:

— Sim, eu só preciso informar ao comandante que vamos mudar de rumo... de novo.

— Pobre Dominic. — Abby riu, imaginando a cena em sua cabeça. — Ele vai achar que você enlouqueceu.

Dominic disse com sua voz profunda e suave:

— Eu conheço algumas maneiras de você me deixar louco. Felizmente esse voo é bem longo.

Ele pegou o telefone do quarto e ligou para a cabine de comando. Depois de ter dado as instruções sobre o novo plano de voo, Dominic disse a Abby:

— Onde nós estávamos mesmo? Ah, sim, você ia fazer alguma coisa para que eu me sentisse melhor com essa coisa de todo mundo saber que eu estou estupidamente apaixonado por você.

Abby cruzou o quarto lentamente, se despindo.

— Estupidamente, não... Talvez impulsivamente.

— É assim que você chama para meus guarda-costas colocando você à força dentro desse avião? Eu não poderia deixá-la sair de minha vida. Entrei em pânico. Espero que não a tenha assustado. — A voz dele subiu uma oitava, surpresa, quando Abby, nua, começou a puxar sua camisa para fora da calça. Os olhos dele se abriram mais com a ousadia dela.

— Pareço assustada? — Perguntou ela, enquanto o puxava mais para perto, pelo cinto, desafivelando-o.

— Não — respondeu ele com voz rouca, e um sorriso sensual se espalhava em seu rosto.

Ela estava gostando de vê-lo surpreso e deslizou a calça e a cueca ao longo de suas pernas, em um ritmo propositalmente lento, amando vê-lo se arrepiar de prazer enquanto ele sentia a respiração dela contra suas coxas.

— Preciso confessar uma coisa. Eu estava achando essa coisa de sequestro bem sexy. Esse seu tom de guerreiro conquistador é um tesão, e estar sendo levada para sua ilha particular me fez imaginar uma porção de fantasias perversas.

— Sério? — Disse ele. Seu interesse crescente era evidente em seus olhos e no modo como seu sexo endurecia nas mãos ansiosas de Abby. Ele tirou a camisa rapidamente e a levantou diante dela. A língua de Dominic fez um caminho tentador desde a barriga dela até seus mamilos, onde ele a lambeu em círculos delicados. Ele a abraçou e, enrugando a testa, perguntou:

— Então, enquanto eu estava bravo, você me imaginava fazendo isso com você?

Ele fez com que o corpo dela deslizasse pelo seu, se deliciando com a sensação dos mamilos duros de Abby contra seu peito. Ela arqueou o corpo para trás e suspirou de prazer quando ele baixou a mão e escorregou um dedo dentro do excitado sexo de Abby. Ela estremeceu e sussurrou, um pouco tímida:

— Quando você voltou para o avião e me jogou na cama, eu tive vontade de puxá-lo para cima de mim.

Ela a beijou na boca, mantendo o ritmo de sua mão, um ritmo que a fazia se esfregar em seu dedo prodigioso e apertar os músculos em volta dele. A voz dele ficou rouca de paixão.

— Você deveria ter feito isso.

— Como você teria feito? — Perguntou ela, sua respiração ofegante, se agarrando nos últimos pedaços de pensamentos coerentes enquanto ondas de prazer invadiam seu corpo.

Dominic a carregou até a cama e se colocou sobre ela. A ponta de seu sexo brincava, entrando e saindo do corpo dela, até que ela agarrou seus ombros, louca de desejo.

— Eu teria feito o que todo guerreiro conquistador faz — respondeu ele, feliz, e entrou fundo dentro dela, levando os dois para um lugar onde não era mais possível conversar.

DEZESSETE

*I*sola Santos, a ilha particular de Dominic, emergia do mar, a cerca de setenta milhas da costa de Nápoles, como uma fortaleza de rocha. Uma mega mansão de vidro e aço ocupava um quarto da ilha de quase cinco quilômetros quadrados e ficaria bem melhor em um centro de negócios de uma cidade americana do que junto aos edifícios de pedra, do século XVIII, que Dominic planejava demolir. Como todas as demais coisas que ele possuía, ele não havia feito nada para camuflá-la no ambiente. O edifício ostentava dinheiro e poder. O saguão principal, em vidro e metal polido, tinha a altura de três pisos e era rodeado por jardins, uma piscina olímpica e até mesmo um pequeno estábulo, como em uma fortaleza moderna.

Durante a visita, Abby perdeu a conta do número de dormitórios. Ela adorou a sala de cinema particular, mas parou quando viu um par de portas deslizantes, de metal. Surpresa, perguntou a Dominic:

— Sério? Um elevador? Você acha mesmo necessário?

Dominic corou um pouco:

— Você acha um excesso?

Abby balançou a cabeça, confusa, quando Dominic a levou por uma porta nos fundos até uma enorme varanda que tinha vista sobre toda a ilha. Não havia como negar a beleza fria do moderno paraíso que ele havia construído ali, mas aquilo não se encaixava em seu dono nem na própria ilha.

— Dom, por favor, não me interprete mal. Este lugar é lindo...

Dominic a abraçou pela cintura e aspirou o aroma gostoso dos cabelos da amada, feliz.

— Eu acho que escutei um "mas" em sua voz.

Abby enlaçou os braços dele.

— Não parece com você. E se tudo isso é igual a você, você poderia mesmo trocar sua vida atual por Boston? O que aconteceria se eu tivesse feito esse pedido a você?

Dominic a abraçou com mais força e disse:

— Um mês atrás, eu diria não para seu pedido. Esta casa, como muitas coisas que eu possuo, foi construída em um impulso só para provar para meu pai que eu era melhor que ele. Triste, né? Perder tanto tempo e dinheiro em coisas sem importância.

O coração de Abby ficou apertado ao escutar a dor na voz dele.

— Não, Dominic, você não andou perdendo nada. Vejo só o que você construiu. É lindo.

Ele a girou suavemente em seus braços para olhá-la de frente e o fez com tanta sinceridade que quase partiu o coração de Abby.

— Não, você é que é linda. Você não precisa ser simpática comigo, Abby. Essa casa é um exagero, muito exibida. Antes de eu conhecer você, eu sentia um vazio que não sabia explicar. Eu sempre pensava que se eu ganhasse mais dinheiro, comprasse mais coisas ou construísse alguma coisa maior, eu preencheria esse vazio, mas isso jamais aconteceu. Todas as coisas que eu comprei, todas as decisões que eu tomei, foram para meu bem, porém elas jamais fizeram me sentir feliz. Nossas bolsas de estudo para mulheres chinesas estão sendo a primeira coisa, em muitos anos, que me fazem sentir orgulho. E eu nem posso reclamar a ideia para mim porque foi você que me obrigou a fazer isso, e mesmo assim me sinto feliz.

— Oh, Dom, você não tem noção do bem que andou fazendo. E a Sra. Duhamel, lembra-se? Ela me contou como você a ajudou quando ela ficou sem ninguém para apoiá-la. Isso está lhe parecendo coisa de um homem egoísta? — Ela colocou uma mão confortadora sobre o peito dele e sentiu seu sorriso antes mesmo de vê-lo.

— Um gesto gentil não faz de mim um santo — disse ele, tristemente.

— Eu não quero um santo, Dom. Eu quero você. — Ele inclinou a cabeça para um lado, em um gesto que pedia a ela para continuar, e Abby disse: — Eu me apaixonei pelo homem complexo que voltou a Boston porque sua irmã precisava dele e que não queria encontrá-la sozinho, por isso me chantageou para acompanhá-lo.

Abby sempre adorava quando o rosto dele ruborizava.

— Eu acho que naquela hora só estava pensando em ter você nua.

Retaliando, Abby beliscou suavemente a barriga dele.

— Pode dizer o que quiser, mas a maneira como você segurou minha mão me disse tudo o que eu queria saber.

— Eu não... — Ele começou a falar, mas parou de maneira súbita. — Independentemente disso, eu quero que você saiba que eu não sou mais o homem que construiu esta monstruosidade de casa. No futuro, quero fazer coisas mais importantes com nosso dinheiro. O que você acha de bolsas de estudo para os que moram lá no interior dos Estados Unidos? Eu acho que a Corisi Enterprises pode abrir mão de mais cinco por cento de seus lucros.

Abby pulou de felicidade.

— Oh, Dominic, isso é perfeito! — Ela ficou semeando beijos no rosto dele. — Você é um homem maravilhoso.

— Eu sei — disse ele, com um sorriso de satisfação que incluía algo mais. Pela maneira como ele esfregava seu corpo contra o dela, Abby soube que a mente dele já estava longe da evolução de seu caráter e de volta à suíte master que ele havia mostrado a ela minutos antes.

Ela passou um dedo, suavemente, no lábio dele.

— Eu já disse a você como é divertido estar aqui? Mesmo que, tecnicamente, eu já não esteja aqui contra minha vontade.

Ele a puxou para mais perto e a levantou do chão.

— Eu vou dar o meu melhor para realizar sua fantasia. — Ele a abraçou forte e falou por cima de seu ombro, em uma imitação bastante ruim de voz de pirata: — Cê minha, mulé, vou te levar pró quarto e te violar. Arrh.

Abby riu na cara dele.

— Graças a Deus você trabalha com computadores, e não com teatro.

Dominic a carregou em seu ombro e continuou a brincadeira.

— Não zombe de seu captor, mulé. Cê vai pagar por sua insubordinação.

Antes de Dominic ter tempo para atravessar a porta e entrar na casa, o clima foi quebrado pelo som de dois helicópteros que pousavam no gramado do outro lado da casa. Abby, ainda pendurada no ombro dele, ficou olhando, horrorizada, um avião militar pousar na pista que ficava lá longe.

Dominic a colocou no chão. Eles permaneceram um ao lado do outro, em silêncio, surpresos, e pareceu que uma eternidade havia se passado quando Dominic perguntou, sua voz com um toque de bom humor:

— Você ligou para Zhang avisando que havia mudado de ideia?

Abby colocou uma mão sobre a boca.

— Droga!

Dominic chamou um de seus guarda-costas para informá-lo calmamente sobre a situação. Ele estava aceitando toda aquela confusão com muito bom humor e simplesmente pegou seu celular e o ofereceu a Abby, falando:

— Bom, melhor você telefonar para ela agora, porque os homens que estão saindo do avião estão armados. Eu acho que eles não vão querer me escutar.

Zhang não parava de rir enquanto Abby explicava para ela o que havia acontecido e pedia perdão por toda aquela bagunça. Imediatamente, os homens que haviam chegado no avião militar entraram de volta e o aparelho deu a partida e decolou. Abby respirou aliviada e concordou com o pedido de Zhang.

Depois que ela desligou, Abby devolveu o celular para Dominic.

— O que ela disse?

— Ela quer vir ao casamento — respondeu Abby, sorrindo, embora continuasse preocupada com a outra coisa que Zhang havia lhe dito: — Dominic, ela também contou que não havia enviado helicóptero algum. Então, quem está no gramado da frente?

Os seguranças de Dominic que até ali haviam estado invisíveis, apareceram por toda a casa e saíram para o jardim com intenção de identificarem os penetras. A mídia não seria boba para segui-los até ali, não é? Abby sabia que Dominic não trataria com igual bom humor quem estivesse invadindo sua ilha. O sistema de segurança acendeu as luzes de toda a propriedade dando àquela fortaleza de vidro a proteção que seus antecessores medievais teriam invejado.

— A cavalaria está chegando — disse Abby, irônica, ao ver os primeiros penetras saindo dos helicópteros. A eficientíssima Sra. Duhamel foi rapidamente seguida por Jake, que estava com um braço protetoramente colocado nas costas de Lil, que carregava seu bebê no colo. Imitando o tom que Dominic havia usado com ela quando perguntou se Abby avisara Zhang de sua mudança de planos, ela perguntou: — Você se esqueceu de avisar Jake?

Dominic deu um sorriso para ela.

A porta do segundo helicóptero se abriu e Thomas Brogos desceu acompanhando uma senhora mais velha, que Abby não conhecia. A mão de Dominic, que segurava a mão de Abby, virou um cubo de gelo.

— O que está acontecendo, Dominic? — Perguntou Abby, vendo a atenção dele se focar na senhora mais velha. — Quem é ela?

— Minha mãe — respondeu ele, emocionado.

Abby se manteve de pé a duras penas, seus joelhos tremiam, mas ela decidiu parecer calma para apoiar Dominic. A mãe dele? Ali? Como era possível?

Lil passou Colby para o colo de Jake e se afastou do grupo, correndo. Ela foi abraçar sua irmã e perguntou, preocupada:

— Você está bem, Abby?

Abby a abraçou com força:

— Eu estou ótima, Lil.

Lil se afastou um pouco para poder olhar o rosto de Abby, buscando algum sinal de violência.

— A mídia falou que Dominic praticamente trouxe você para cá na marra. Aí eu liguei para Jake e ele providenciou passagens de avião para mim e Marie até Alghero. Jake me disse que você estava ótima, mas eu precisava ver. Você está me fazendo pagar todos aqueles anos de sofrimento que eu dei a você?

Abby sorriu e garantiu para sua irmã, que agora não parava de abraçá-la:

— Foi só um mal-entendido.

A Sra. Duhamel se aproximou.

— Dominic, libere Abby imediatamente. — Ela apontou os seguranças que estavam espalhados por todo o perímetro do gramado. — Provavelmente, você deixou a moça um tanto morta de medo com suas demonstrações de poder machista. Na minha época, os homens mostravam mais respeito...

Ela só parou de xingar ele quando Abby deixou o abraço de sua irmã para ir abraçá-la.

— Ele me pediu em casamento, Marie, e eu disse sim!

A Sra. Duhamel tossiu, surpresa, e retornou o abraço.

— Bem, então está tudo certo.

Abby se sentia tão feliz que nem reparou que Dominic não estava mais ao lado dela. Ela se voltou para ver como ele havia reagido ao que ela falara e o viu um pouco mais longe, caminhando na direção da senhora que compartilhava com ele muitos traços fisionômicos.

— Mãe. — Ele disse a palavra como se a acusasse de alguma coisa.

A mulher caminhou para ele, apesar da expressão dura do rosto dele.

— Dominic! — Exclamou ela, chorando.

— Eu pensei que a senhora estava morta. — A expressão dele não mostrava emoção alguma. Seu rosto estava gelado do mesmo modo que a mão dele havia ficado no momento em que ele a viu chegar.

— Você precisava pensar isso, Dominic. — Ela torceu as mãos, seus olhos imploravam por compreensão.

— Sério? — Perguntou ele, como se os dois estivessem falando de alguma coisa bem antiga que já não interessava mais a ele.

A mãe dele se apressou a explicar:

— Se seu pai ficasse sabendo que eu continuava viva, ele teria ido atrás de mim. Ele me teria feito pagar por tê-lo deixado. Eu jamais estaria em segurança.

— Você poderia ter me dito. — A voz dele ficou irregular. — Eu a procurei durante anos. Eu gastei dinheiro com um monte de agências de detetives para que corressem o mundo buscando você. Dinheiro não era problema. Eles sempre retornavam dizendo que você havia morrido.

Ela limpou uma lágrima de seu rosto e olhou o homem que estava a seu lado.

— Eu voltei para meu país, Dominic. Para minha cidadezinha. Lá existe uma lealdade que dinheiro algum pode abalar.

— Como você se atreve a falar de lealdade? — A voz de Dominic ficou mais alta. — A senhora nos abandonou.

A mãe dele dobrou um pouco o corpo, como se as palavras de seu filho estivessem lhe causando dor física.

— Eu fui fraca, Dominic. Seu pai havia esmagado toda minha autoconfiança. Ele nunca teria permitido que eu me separasse dele.

Eu não podia levar você comigo, você tinha 17 anos. Era quase um homem. Ficando com seu pai, você herdaria uma fortuna que eu nunca poderia dar para você. Quando cheguei na Itália, forjei minha própria morte e assumi uma nova identidade, mas eu não tinha certeza se isso iria resultar. Por longo anos eu andei fugindo, vivendo em vários lugares com o dinheiro que as pessoas me davam. Que vida eu poderia oferecer a você?

O rosto de Dominic estava lívido de raiva.

— Eu não quis o dinheiro de meu pai. Eu saí de casa logo depois que você desapareceu. Você poderia ter ficado comigo nessa época. Você poderia ter me mandado um bilhete através dos muitos detetives que contratei para buscá-la. Por que você não me procurou? Eu poderia ter ajudado a senhora.

A mãe dele ficou lívida também. Seus ombros magros tremeram de emoção.

— No início você era muito jovem, Dominic. Seu pai o teria esmagado, como ele havia feito comigo. Ele era um homem muito vingativo. Mais tarde, quando sua empresa deslanchou...

— Sim? — Gritou ele. — Por que você não apareceu nessa época?

— Você sempre estava na mídia, comprando empresa atrás de empresa... — A voz dela sumiu.

Dominic ficou em silêncio, acusando-a.

Ela continuou, em um sussurro atormentado:

— ... do mesmo modo que seu pai. Eu tive medo de procurá-lo. Eu não estava certa de que você me perdoaria, e também estava com medo do que seu pai poderia fazer se descobrisse que eu continuava viva.

Dominic estava ficando mais e mais furioso. Suas mãos se fecharam em punhos, caídas ao lado de seu corpo.

— Então, agora que ele morreu, você acha simplesmente que pode dar as caras por aqui e dizer que foi tudo uma mentira, uma trapaça? O que você veio fazer aqui hoje?

Abby foi até junto de Dominic e se colocou a seu lado. Ela simplesmente segurou com suas duas mãos a mão dele, ainda fechada em um punho. "Me deixe entrar", pediu ela em pensamento com toda a força. "Por favor, não me bloqueie".

Dominic havia lhe dito que estava pronto para compartilhar toda sua vida com ela, que estava preparado para ser um parceiro de verdade. Abby sentiu a picada da incerteza por estar testando tão rápido a promessa que ele havia lhe feito. O que ela faria se ele a mandasse não ser enxerida e não se intrometer em assuntos que não eram de sua conta? Circunstâncias extremas quase nunca mostravam o melhor das pessoas e que circunstância mais extrema poderia existir do que aquela? Uma mãe que Dominic havia chorado como morta, de repente, saindo de um helicóptero...

"O que estou fazendo? Ele não precisa provar nada para mim. Ele me ama."

Se ele precisava resolver aquela situação sozinho, ela apoiaria a decisão dele. Ela afrouxou um pouco a mão, se preparando para fazer isso.

Imediatamente, o punho de Dominic se abriu e ele entrelaçou seus dedos nos dela. Ele a puxou ainda mais para perto dele. Ela apertou mais a mão dele, tranquilizadora, e ele logo devolveu o sinal, sem hesitar. Por um segundo, ele desviou o olhar de sua mãe e observou Abby, agradecido.

Abby se apaixonou por ele uma vez mais. Esse era o homem gentil que ele não havia querido admitir que era e a razão que fazia com que ela acreditasse que ele teria mesmo sido capaz de deixar sua empresa e começar tudo do zero só para ficar com ela. A voz chorosa de Dominic chamou de novo a atenção deles.

— Eu sei que eu fiz tudo errado, Dominic. Eu fraquejei. Fiquei com medo. Quem dera eu poder voltar atrás e fazer tudo de novo. Mas quando fiquei sabendo de você e de Abby, eu soube que precisava lhe contar por que fugi para que você não acabasse por repetir os mesmos erros de seu pai.

— Não estou precisando de sua ajuda. Eu não sou meu pai.
— gritou Dominic, sua raiva aumentando quando ele ouviu ela falar de Abby.

Jake se aproximou, intercedendo:

— Dom, escute o que ela tem para dizer. Ela veio até aqui por você. Ela já sabe que fez tudo errado, mas está pedindo perdão a você. Honestamente, você pode olhar para ela e dizer que jamais se arrependeu de alguma coisa que tenha feito? Não existe nada em sua vida que você lamente, Dom?

A mão de Dominic apertou a de Abby até doer. Ele olhou para Jake.

— Nossa! Eu odeio o fato de você me conhecer tão bem assim.
— Ele olhou de novo para sua mãe, pela primeira vez, vendo-a como uma pessoa e admitiu com relutância:

— A verdade é que eu não sou melhor que a senhora, mãe. Eu abandonei Nicole. Pelas mesmas razões que a senhora me abandonou... A exceção é que acho que fiz isso mais por raiva que por medo, mas eu pensei sinceramente que ela se sairia melhor ficando naquela gaiola dourada do que comigo, na sargeta, lutando contra nosso pai, como eu iria fazer.

Thomas colocou o braço em torno da cintura da mãe de Dominic, lhe dando seu apoio. Claramente, ele pensava que Dominic poderia lidar melhor com a situação, mas havia decidido não interferir, enquanto a mulher a seu lado não saísse propositalmente machucada.

— Você me perdoa, Dominic? — Perguntou a mãe dele, suavemente.

O silêncio pairou, pesado, no ar quente do Mediterrâneo.

Abby soltou sua mão da mão de Dominic e tocou o rosto tenso dele.

— Eu daria tudo por mais um dia com minha mãe, Dominic. Você está tendo uma segunda oportunidade de ter uma família. Por favor, aceite-a.

Dominic olhou Abby e todo o amor que ele sentia por ela estava bem impresso em seu rosto.

— Eu já tenho minha família. — E ele a abraçou.

A Sra. Duhamel assoou o nariz com um lenço e o repreendeu:

— Dominic, diga a sua mãe que você a perdoa. Depois que você se casar com Abby, terá todo o tempo do mundo para abraçá-la. — Todo mundo olhou para a Sra. Duhamel, surpreso, enquanto ela continuava a repreender Dominic num tom quase cômico:

— Você sabe que estou certa. Geralmente, você é um bom menino, mas perde a cabeça quando Abby está por perto, e você não precisa deixar sua mãe sofrendo enquanto namora.

Dominic sorriu tristemente para Abby:

— Ela está certa, sabe? Eu perco mesmo minha cabeça quando você está por perto.

Abby sorriu de volta, feliz e em lágrimas.

— Tudo bem, porque eu não tenho o menor problema em lhe dizer o que você precisa fazer.

Ele sorriu, confuso:

— E o que eu preciso fazer, Abby?

Abby, que jamais perdia a oportunidade para dar um conselho, endireitou os ombros e falou:

— Excepcionalmente, você pode me soltar um pouco para ir abraçar sua mãe e dizer a ela que você a ama. E você também precisa abraçar Marie, porque eu acho que ela fez um trabalho fabuloso substituindo sua mãe. E depois eu acho que nós precisamos convidar todo mundo para entrar em casa, antes que a gente derreta debaixo desse sol.

Os olhos de Dominic se arregalaram, surpresos:

— Só isso?

— Por hoje — brincou Abby, se afastando dele. — Amanhã eu terei uma nova lista de tarefas para você.

Todo mundo chorou quando Dominic abriu os braços para a mãe e ela voou para ele, soluçando. Dominic a abraçou, fechando os olhos para esconder o que Abby suspeitou serem suas lágrimas de emoção.

Depois, ele a liberou e foi abraçar a Sra. Duhamel. Em pouco tempos as duas se abraçavam também, gratas pelo papel que cada uma havia desempenhado para cuidar daquele filho que as duas tanto amavam.

Lil explodiu:

— Oh, não aguento mais. Isso está parecendo telenovela. Não quero olhar. Por que a gente não pode ir para casa? Colby deve estar morrendo de fome.

Jake olhou o bebê que havia esquecido em seus próprios braços.

— Por isso ela está comendo minha gravata? — A gravata estava parcialmente molhada com a baba de Colby. Mas para alguém que tinha fobia de bebês, Jake até que levava com muita calma seu papel de mordedor.

A Sra. Duhamel foi pegar a menina em seu colo.

— Se você tiver uma mamadeira, eu mesma resolvo isso. — Depois ela olhou a mãe de Dominic e perguntou: — Você me ajuda, Rosella? Eu acho que você precisa se acostumar de novo porque esses dois não desgrudam e logo, logo, você vai ser chamada de Nonna Rosa. Melhor marcar logo a data desse casamento.

A mãe de Dominic enrubesceu de prazer.

— Tudo isso está sendo bem mais do que eu podia imaginar quando liguei para Thomas. — Lágrimas de felicidade rolavam pelo rosto dela. — Dominic, você tem um monte de primos em Montalcino. Seus filhos poderão passar as férias de verão comigo e conhecer o meu lado da família.

Dominic deixou escapar um gemido.

Em resposta ao que sua mãe pensou ser um pensamento que o horrorizava, ela perguntou:

— Você quer ter filhos, não quer, Dominic?

A Sra. Duhamel respondeu no lugar dele:

— Claro que ele quer, Rosella. Ele só está em choque ainda. Vamos entrar e combinar os detalhes do casamento enquanto damos mamadeira a Colby.

Dominic balbuciou alguma coisa incompreensível e olhou para Abby, pedindo socorro. Ela riu e se apaixonou ainda mais por aquele homem atrapalhado que sabia manter a calma na frente da mídia internacional embora ficasse sem fala quando estava com a família.

Jake também se divertia com a atrapalhação de seu amigo. E o sorriso dele não empalideceu quando Dominic o fulminou com o olhar.

— Estou rindo com você — disse Jake.

— Eu não estou rindo — resmungou Dominic.

— Isso é só um detalhe técnico — Jake continuou a rir e piscou para Abby.

Balançando a cabeça ele brincou, em tom desaprovador:

— Eles estão sabendo que agora eu sou um dos dez homens mais ricos do mundo? Isso deveria fazê-los me respeitar.

Abby deu um tapinha no ombro dele com fingida compaixão.

— Eu sei, querido. — Ela segurou a mão dele e o levou para dentro de casa. — Vamos lá para dentro descansar um pouco. Seu segredo está seguro comigo.

Dentro das refrescantes paredes da mansão, Abby instalou a todos em um dos salões e pediu para os empregados trazerem alguma coisa para eles beberem. As emoções estavam no ar, mas todos estavam felizes. Abby e Dominic se sentaram em um sofá, e Jake e Lil, no outro, junto com a mãe de Dominic e Thomas. A Sra. Duhamel caminhava pelo salão, dando mamadeira a Colby e olhando ternamente para ela, como se ela conhecesse a bebê desde seu nascimento.

Thomas deu um tapinha na perna de Rosella, mas olhou para Dominic.

— Aproveitando que estamos todos juntos, eu também preciso pedir perdão a você, Dominic. Eu sempre soube onde sua mãe estava.

Eu ajudei sua mãe a fugir e falsifiquei a identidade dela, mas achei que não falar a verdade para você seria bem mais seguro para todos. Eu supus que você ficaria com seu pai e que iria tomar a empresa dele. Eu estava errado, e quando eu percebi o quanto estava errado, já havia se passado muito tempo; eu não encontrei uma maneira de contar a você sobre a bagunça que eu mesmo havia ajudado a criar.

Dominic estudou o homem mais velho sentado ao lado de sua mãe e falou com calma:

— Você a ama.

Thomas e Rosella trocaram olhares cheios de significado:

— Sim, é verdade. Mas eu me mantive afastado dela pela mesma razão que mantive você afastado. Seu pai jamais permitiria que sua mãe fosse feliz longe dele. Ele tinha uma raiva cruel e eu não poderia permitir que ele a despejasse sobre Rosella.

A mãe de Dominic colocou a mão sobre a de Thomas, em entendimento silencioso.

O rosto de Dominic se contorceu de dor enquanto ele pensava no pedido de desculpas de Thomas. Ele olhou para Abby e falou, com urgência:

— Eu fiz um monte de coisas erradas com você, Abby. Para as outras pessoas, talvez eu pareça estar seguindo os passos de meu pai, mas eu preciso dizer para você que, se algum dia, você decidir me deixar, eu jamais pensarei em prejudicá-la. Machucar você seria como matar um pedaço de mim mesmo. Eu preciso que você fique sabendo disso.

Abby apertou a mão dele:

— Você não é como seu pai, Dominic, e eu não sou como sua mãe. Eu não tenho medo de você. — Ela sorriu porque sabia que o que havia dito era completamente verdade e se maravilhou com a diferença que apenas uma semana podia fazer na maneira como ela estava vendo o mundo. — Nossa! Eu acho até que tenho apoio militar se eu estiver precisando. Basta ligar. Você é que deveria se preocupar com o que pode lhe acontecer se decidir me deixar.

Lil avisou, do outro lado do salão:

— Não pense que ela está brincando. Você está se casando com uma mulher difícil.

— Ei! — Protestou Abby, divertida.

Os olhos de Lil estavam cheios de amor por sua irmã, apesar de suas palavras zombeteiras. Ela contou para a pequena plateia:

— Não sei se todos vocês sabem, mas Abby me criou depois que nossos pais morreram, faz muitos anos. Ela me manteve longe de confusões e frequentando a escola enquanto ela estudava na universidade. Ela é a pessoa mais forte que eu conheço. Eu me orgulho muito disso, mas detesto ter de dizer que ela fica bem mandona quando acha que está certa.

Jake a interrompeu:

— Provavelmente, ela precisou ser assim. Você deve ter sido uma adolescente bem difícil, tenho certeza.

Lil deu com o cotovelo nele.

— O contrário de você, não? Dominic, Jake já nasceu usando gravata? Ele jamais a tira. Jamais. Levei ele ao boliche e ele estava vestido como agora. Todo mundo pensou que eu estava saindo com um mafioso.

Abby não podia perder a novidade:

— Vocês dois foram ao boliche?

Dominic se inclinou para trás e riu:

— Eu queria ter visto isso.

Jake ficou adoravelmente na defensiva:

— Foi ideia dela.

A Sra. Duhamel parou ao lado de Dominic e repreendeu ternamente:

— Não zombe de Jake, Dominic. Você não vê que ele está gostando dela?

Um fluxo lento e vermelho inundou o pescoço e o rosto de Jake, provocando uma onda de risos e simpatia em todo o grupo. Apenas Lil não achou graça. Ela falou:

— Do que ele gosta mesmo é de ficar falando para as pessoas como elas precisam viver suas vidas. Ele é tão ruim quanto Abby.

— É como dar conselhos para uma parede — murmurou Jake e todos riram.

Nesse momento de compartilhada camaradagem, a mãe de Dominic disse:

— Quem dera que Nicole também estivesse aqui.

O clima da sala ficou gelado e todos os olhos se voltaram para Dominic. Pela primeira vez, escutar o nome de sua irmã não o colocou na defensiva. Ele prometeu:

— Ela estará, mãe. Nós vamos trazê-la.

Abby abraçou seu futuro marido.

— Nós. Estou gostando de ouvir isso.

Ele pareceu bem feliz.

— Eu também.

Thomas pigarreou e acrescentou, sem jeito:

— Eu sei que esses últimos dias foram uma loucura para você, Dominic, mas tem uma coisa sobre Nicole que você precisa saber.

Dominic inclinou o corpo para a frente, se sentindo imediatamente preocupado:

— E o que eu preciso saber?

— Ela acha que tem um jeito de contrariar o testamento, mas eu temo que ela precise vender sua alma para fazer isso — disse Thomas, um pouco hesitante.

Dominic ficou de pé e caminhou em direção ao homem mais velho:

— Fale, Thomas. Não me esconda nada.

Empurrando seus óculos sobre a ponte do nariz, Thomas anunciou:

— Ela está negociando um acordo com Stephan Andrade. Ela não me contou todos os detalhes. Mas mencionou alguma coisa sobre contratos anteriores que precisavam ser cumpridos antes de ser possível executar os termos do testamento.

Dominic endireitou as costas, furioso, parecendo ficar com o dobro de sua altura. Todos os traços de homem amável desapareceram de seu rosto, como um gato selvagem domesticado que, se sentindo ameaçado, recuperava seus instintos agressivos. O salão pulsava com a intensidade de sua fúria. Aquele era o homem para quem os dignitários abriam alas. Nem por um segundo Abby duvidou de que aquele era o Dominic que poderia ter deixado para trás a Corisi Enterprises e escalar de novo sua subida até ao topo em poucos anos.

Ele socou sua própria coxa, frustrado.

— De todas as coisas estúpidas que ela poderia fazer, escolheu logo essa. Ela já sabe que a única coisa que ele gosta de fazer é pegar no meu pé?

Thomas balançou tristemente a cabeça.

— Eu tentei conversar com ela, mas ela não quis me escutar. Ela disse que eles eram velhos amigos.

Dominic passou uma mão furiosa por seus cabelos.

— Que raios ela quer dizer com isso?

Thomas respondeu em voz baixa:

— Você está pensando o mesmo que eu, e escutei rumores de que ela vem passando muito tempo na casa dele, nos arredores de Nova Iorque.

— Eu mato ele — Dominic ameaçou.

Jake se colocou ao lado do amigo:

— Não, se eu chegar primeiro — disse, tão furioso quanto Dominic.

Jake ganhou um resmungo apreciativo e sarcástico de Dominic:

— Eu achei que você não faria nada que pudesse obrigá-lo a se esconder em um país do terceiro mundo para escapar da extradição.

Jake afrouxou o nó de sua gravata, desafiante:

— Dessa vez, vai valer a pena.

Abby olhou para Thomas, pedindo ajuda:

— Você pode colocar algum juízo na cabeça desses dois antes que eles façam alguma bobagem?

Thomas deu de ombros.

— Dominic, considere essa nossa conversa como uma consulta profissional, assim eu não poderei testemunhar contra você no tribunal.

Ela olhou em volta, impotente.

— Marie, você pode acalmar esses dois?

A Sra. Duhamel fez uma careta:

— Ele tem uma longa história com Stephan. Eu também estou achando que Nicole vai se machucar se nada for feito.

Alguém iria se machucar de outra maneira, temia Abby.

Ela caminhou até o meio da sala e ficou em pé, de frente para Dominic e Jake. Uma coisa que Dominic amava nela era sua capacidade de enfrentá-lo e essa era uma daquelas ocasiões em que Abby precisava falar o que se passava em sua cabeça.

— Ninguém aqui vai fazer nada antes de conversarmos com Nicole.

A mandíbula de Dominic continuava com uma expressão teimosa.

— Você não sabe o quanto esse homem é perigoso, Abby.

— Ela está correndo perigo físico? — Perguntou Abby.

— Provavelmente, não — admitiu Jake.

— Então a gente precisa achar um jeito de resolver a situação sem criar um fosso permanente entre você e Nicole. O que é mais importante: um ódio antigo ou recuperar seu relacionamento com sua irmã? — Abby colocou a mão, suavemente, no braço tenso de Dominic e sentiu imediatamente que os músculos relaxavam.

A raiva de Dominic desapareceu.

— Eu detesto quando ela está certa — disse ele.

— Eu também — concordou Lil, atrás dele.

— Não vai acontecer nada com Nicole, Dominic. Nós não vamos deixar.

Um rápido olhar suspeito entre Dominic e Jake lembrou a Abby que ela tentava domar um gato selvagem. Ele ronronava quando ganhava carícias, aceitava mesmo ser mimado, mas sob sua aparência doméstica, continuava a ser um animal selvagem. Abby precisava ser rápida a descobrir o que estava acontecendo com Nicole, ou aqueles dois iriam resolver a situação à maneira deles. Ela balançou um dedo na direção dos amigos:

— Quero que me prometam! Quero que me prometam que não vão fazer nada enquanto nós não descobrirmos o que está acontecendo.

Dominic deu um grunhido evasivo. Jake ficou olhando para o outro lado da sala.

A Sra. Duhamel sussurrou no ouvido da mãe de Dominic:

— Não está achando ótimo ela agora fazer parte da família? Eu soube que ela era a mulher certa para ele logo que eu a conheci.

As palavras dela pareciam ter um efeito forte sobre Dominic. Ele olhou em volta, como se estivesse vendo cada um deles pela primeira vez. Os olhos de Dominic pousaram sobre Thomas e sua mãe, aprovando o relacionamento deles, se moveram calorosamente para a Sra. Duhamel, que agora embalava em seus braços o bebê adormecido, se fecharam um pouco, divertidos, porque Jake havia retornado rapidamente para junto de Lil. Finalmente, eles pousaram em Abby e ele a abraçou bem forte e disse:

— Família... Estou gostando disso.

— Eu também — disse ela. Ela estava sentindo seus pensamentos tão claros que eles quase podiam se fazer ouvir.

Apesar de seus passados tão diferentes, eles eram uma família de verdade, ligados pelo amor e não pela genética. Eles achariam uma maneira de resolver o problema. Como as famílias sempre fazem... Juntos.

FIM

Capítulo promocional

Amor por
INTERESSE

UM

*A*morte não era coisa que Stephan normalmente comemoras-se, mas tinha lá suas vantagens.

— Tudo preparado para hoje à noite? — Perguntou Stephan Andrade, sem desviar os olhos da tela de seu notebook enquanto escrevia uma última frase. Havia terminado a proposta final há mais de uma hora, mas ainda não estava satisfeito com o resultado. Nada de novo. Ele não havia tirado sua família da ruína financeira para deixar as coisas parcialmente feitas.

— Se por "tudo" você quer saber se eu tenho minha bagagem pronta e embaixo de minha mesa, para o caso de meu bebê decidir nascer enquanto eu checo pela terceira vez se está tudo certo com sua agenda para os próximos dias, nesse caso, sim, está tudo prepa-rado — respondeu sua secretária tristemente, enquanto deitava seu corpo no final da gestação no sofá branco e colocava seus tornoze-los inchados em uma das almofadas.

— Ótimo — disse ele, ausente. Depois ele parou e acariciou sua nuca com uma das mãos quando entendeu o que ela havia dito. — Maddy, você não deveria estar aqui hoje, você está de licença--maternidade. Eu mesmo poderia tratar de tudo.

— Você já mandou todo mundo embora do escritório. Achei que precisava ajudá-lo antes de haver um motim por aqui. Se eu não soubesse o quanto esse contrato é importante para você, já teria ligado para Tio Vic e contado a ele que você está precisando da intervenção de seu pai.

O pai de Stephan teria adorado isso. Victor Andrade estava com um pouco mais de 60 anos e tinha ido morar na Itália, mas isso não o havia feito reduzir o ritmo. Ele estava sempre cruzando o Atlântico, gozando sua aposentadoria em uma mansão na costa de Amalfi enquanto continuava a monitorar a família em Nova Iorque. Felizmente, algumas vezes a mãe de Stephan parava o marido, e nessas ocasiões Stephan tinha um pouco de paz.

— Não precisa envolver meu pai nisso, seu marido já ligou para mim duas vezes essa manhã — disse Stephan.

Isso fez a moça sorrir. Não era uma tarefa difícil. Madison D'Argenson sempre estava de bom humor, era crônico. Ela falava que era parte de seu charme. Por sorte, ela era igualmente eficiente e detalhista, e por isso era a secretária muito bem paga de Stephan e não apenas uma simples funcionária de seu escritório.

Ela disse:

— Ele deveria estar focado na inauguração do novo restaurante e não se preocupando comigo. O bebê só vai nascer dentro de duas semanas. O que ele disse?

— Fez a ameaça de sempre. Que é melhor eu não fazer você trabalhar demais ou ele vai envenenar meu próximo prato de *tortellini*.

Sua prima caçula riu quando Stephan disse isso, mas ele não. A alegria da moça ecoou dentro dele, lembrando-lhe o quanto ele havia mudado. Ele era apenas seis anos mais velho que Maddy, mas do lado dela sempre se sentia um velho.

O entusiasmo dela era quase desgastante. Imperturbável, ela agarrava a vida com as duas mãos e a chacoalhava até conseguir o que queria, premiando quem estava em sua volta com o sorriso mais doce do mundo todas as vezes que saía vencedora, um sorriso que sempre derrotava qualquer oposição.

Quando ela voltara para casa, depois de um ano estudando no exterior, no Sul da França, trazendo a reboque um desconhecido *chef* francês, Stephan havia manifestado sua preocupação, e não estava sozinho nisso. A primeira impressão sobre Richard D'Argenson não havia sido boa. A resposta de Maddy? Ela reunira a família, juntando irmãos e primos, e informara que Richard estava ali para ficar e que eles iriam amá-lo.

Eles haviam se casado em menos de um ano e pouco tempo depois já estavam esperando um filho.

Richard havia conquistado o respeito de Stephan ao recusar que ele financiasse seus restaurantes e ao permitir que Maddy continuasse a trabalhar para a Andrade Global. Apesar de recém-casado, Richard não se intimidara com o fato de os homens Andrade serem superprotetores em relação às mulheres da família. Ele era devotado, mas não era controlador e ganhou seu lugar na família, tal como Maddy havia anunciado que ele faria. Mais impressionante ainda, ele sempre estava aprendendo novas receitas italianas com a mãe de Maddy e sempre cozinhava os almoços de domingo na casa de seus sogros, quando várias gerações da família se reuniam. Como eles poderiam não amá-lo?

Mesmo quando ele fazia ameaças de envenenar alguém.

Normalmente até que era engraçado. Mas hoje tinha sido chato. Havia muitas coisas em jogo com aquele negócio para Stephan poder se permitir uma distração. Em menos de vinte e quatro horas ele apresentaria sua proposta para o Ministro do Comércio da China e tudo correria bem, a Andrade Global seria um parceiro internacional, e o infame Dominic Corisi lutaria para sobreviver à falência.

Maddy colocou os pés no chão, de novo, e disse:

— Na verdade, existe uma boa razão para eu estar aqui hoje e para interromper você.

Stephan cruzou a sala e, com uma ternura que ninguém que não fosse da família associaria a ele, ajudou sua prima a ficar em pé.

— Você precisa voltar para casa, Maddy. Seja lá o que for que veio fazer aqui, pode esperar mais uns dias.

Sim, aquele negócio era muito importante para ele. De fato, ele não havia pensado em outra coisa desde que ficara sabendo que

Dominic apresentaria uma proposta para o ministro, mas Maddy era da família, e a família, para um Andrade, era mais importante que todo o resto.

Maddy colocou uma mão sobre a manga do paletó dele.

— Não, isso não pode esperar. Eu estou preocupada com você.

— Comigo? — Ele endireitou mais a cabeça, orgulhoso.

— Não se perca na China, Stephan.

— Eu não pretendo perder. — Ele percebeu que havia usado um tom duro ao vê-la estremecer.

Mas isso não a fez parar.

Ela falou:

— Não é isso que eu estou querendo dizer e você sabe. — A voz dela ficou mais suave, preocupada. — Você está viajando para Pequim pela razão certa?

Por que ela estava fazendo isso agora? Ele olhou as horas em seu relógio. Faltavam quarenta e cinco minutos para a decolagem. Seu jato particular não daria a partida sem ele, mas Stephan tinha reuniões marcadas para logo depois do pouso e precisava chegar o mais depressa possível.

— Se a Andrade Global conseguir ganhar esse contrato...

— O quê, Stephan? O que vai mudar? Seu pai perdeu milhões, mas você já ganhou muitos mais milhões do que os que ele perdeu...

— Meu pai não perdeu nada. Roubaram dele.

Ela sabia.

— E você está viajando para a China para fazer Dominic pagar por isso, não é?

"Oh, sim!", pensou ele.

— Dominic precisa pagar pelo que fez com meu pai, pelo que fez com todos nós. Isola Santos é uma caricatura do que era antes. Já quis comprá-la de Dominic um monte de vezes, mas agora não serei eu a pedir. Quando eu tiver destruído Dominic, ele vai implorar que eu a compre dele, só para poder pagar para que seus advogados o tirem da bagunça que eu estou montando para ele.

Stephan adorou dizer tudo isso em voz alta.

Finalmente, depois de todos esses anos, Dominic havia calculado mal o negócio e se colocara em uma posição vulnerável. Ele incluíra investidores importantes de vários países do mundo em sua proposta para criar uma rede de internet viável na China e havia colocado sua própria fortuna em risco. Os investidores não iriam gostar de saber que Stephan oferecia o mesmo serviço para o governo chinês por um terço do preço, com mais liberdade ainda para eles fazerem as restrições de sites que estavam querendo. Em vez de Dominic, Stephan não se importava por perder o controle sobre o software depois que ele o havia vendido. A única coisa que interessava a ele era colocar seu rival para fora do mercado.

— Você não precisa fazer isso — comentou Maddy, aflita.

— Preciso, sim. — Era simples e complexo ao mesmo tempo. Ele colocou a mão, carinhoso, nas costas dela e a conduziu até a porta. — Você se preocupa demais, Maddy. Eu estarei de volta antes do final de semana. Fale para essa coisa pequenina que está aí dentro de você para esperar eu voltar.

Maddy não saiu do lugar.

— Stephan, eu preciso lhe dizer uma coisa, e é importante.

Ele a olhou, preocupado.

— É sobre seu bebê?

Maddy colocou a mão sobre o barrigão.

— Não, o bebê está ótimo, mas eu vim até aqui para lhe contar que Nicole ligou mais cedo. Ela me perguntou se você estaria aqui e se poderia vê-la hoje.

— Nicole?

— Nicole Corisi. Estranho ela querer ver você logo hoje, não?

— Sim, estranho — repetiu ele enquanto sua mente voava. O que estaria querendo a irmãzinha caçula de Dominic? Ele havia sido cuidadoso em esconder todos os detalhes de seu plano. Apenas os membros mais chegados de sua equipe sabiam o que ele iria fazer e a metade deles já estava na China, preparando o terreno para sua proposta. Alguma informação teria vazado para o campo dos Corisi? Nicole iria pedir a ele que se afastasse do irmão dela?

— Espero que você tenha dito a ela que eu estou com a agenda cheia — disse ele.

Maddy bateu um dedo no queixo.

— O pai dela morreu faz pouco tempo. Eu não podia dizer não a ela. Vocês não eram amigos? Vai ver ela está precisando de alguém para desabafar.

Ele se lembrou de Nicole dançando timidamente na frente dele na pista à beira-mar do Lucinda, aquela boate da moda de Coney Island, seus cabelos longos e escuros voavam em torno de seu revelador vestido vermelho. Os olhos cinzentos dela sorriam em resposta a alguma coisa que ele havia falado. Depois de meses tentando conquistá-la, ela aceitara sair com ele. O jeito sério de Nicole e aquele vestido sexy haviam pegado ele. Sem a armadura que ela usava para ir trabalhar, Nicole era... perigosa. Seus movimentos eram inexperientes, mas mesmo assim, fatais.

Ele jamais desejara uma mulher como desejara Nicole naquela noite.

E depois disso também não.

Talvez se aquela noite houvesse terminado do jeito usual, ela tivesse se confundido com a mancha desbotada de todas as outras mulheres que ele conhecera. Mas nessa mesma noite ele ficara sabendo que Dominic estava tomando a empresa de seu pai, terminando com aquilo que nem mesmo havia começado ainda. Tirando-a dele. Deixando Stephan com a sensação de alguma coisa inacabada.

Não, eles jamais haviam sido amigos.

Em outro dia qualquer, ele a encontraria, mesmo que só para verificar se ela ainda o fazia ficar com a respiração em suspenso. Ele se disporia até a conceder a ela um dia, uma semana ou o tempo que fosse preciso para conquistá-la de novo.

Oh, sim, em qualquer outro dia ele não se importaria de confortá-la.

Mas não hoje.

Não um dia antes de ele concretizar sua vingança contra o irmão dela.

— Lamento que o pai dela tenha morrido, mas nada que eu tenha para falar para Nicole ela está querendo ouvir — disse ele.

— Você deve estar um pouco curioso a respeito do que ela está querendo.

— Não estou com tempo para essas coisas. — Stephan olhou as horas de novo. — Estarei voando em menos de uma hora. Ligue para ela e diga que não posso encontrá-la.

Mas, ao contrário do que ele esperava, Maddy não se mexeu. Ao contrário, ela deu para ele um de seus irresistíveis sorrisos e disse:

— Isso seria um pouco estranho porque ela está esperando na sala do outro lado da porta.

Primeiro, Stephan se balançou para trás, chocado, depois, se balançou para a frente, furioso. Ele tinha vontade de gritar de raiva, mas o estado delicado de sua prima gestante fez com que ele segurasse a língua. Mais tarde ele teria tempo para dizer a Maddy que ela não podia interferir assim em sua vida. Ela sabia que ele não queria encontrar Nicole.

"Acabe logo com isso e vá embora", pensou ele. Depois, falou para Maddy:

— Dois minutos. Eu tenho apenas dois minutos para encontrá-la.

O sorriso de Maddy ficou maior, revelando que ela não apenas sabia o que ele estava pensando como também que ela não sentia medo dele. Maddy caminhou na direção da porta e falou, por cima do ombro:

— Oh, Stephan, ela é ainda mais bonita do que na foto que você esconde na gaveta de sua mesa.

— Ele está pronto para encontrá-la, como jamais esteve — disse Maddy, com algum humor, para Nicole enquanto ela abria a porta da sala de Stephan, uma das mãos descansando sobre seu barrigão.

— Obrigada — respondeu Nicole, rígida, ficando em pé, mas incapaz de caminhar até a porta. As palavras que ela havia ensaiado cuidadosamente estavam voando de sua cabeça.

"Ele jamais concordará com isso. Estou perdendo meu tempo", pensava ela.

— Tudo bem? — Perguntou Maddy, se afastando da porta e observando Nicole, preocupada.

"Você não precisa fazer isso."

Ela ficou imóvel por alguns segundos ao se lembrar da discussão feia que tivera mais cedo com Thomas Brogos, o advogado de longa data e amigo de seu pai.

"Sim, preciso fazer isso", respondeu para si mesma.

Todas as coisas que ela amava, todas as pessoas que ela amava, dependiam de ela fazer Stephan concordar com seu ultrajante pedido. Ela não poderia falhar.

— Tudo bem — disse Nicole, apesar de seu corpo ameaçar traí-la com as lágrimas que faziam seus olhos piscarem. "Não", a mente dela gritou. "Não está tudo bem. Nada está bem. Nada estará bem por muito tempo, se isso der certo, nada voltará a estar bem."

— Eu sei que isso não é de minha conta, mas, se você precisar, eu estarei aqui, do lado de fora.

"Nossa! Meu aspecto é tão ruim que até mesmo uma gestante está se preocupando comigo?"

Respirando bem fundo, Nicole obrigou seus pés a conduzi-la até junto da porta da sala de Stephan.

Stephan Andrade, o ex-garoto rico e mimado, agora tubarão do mundo dos negócios e dono de tantas empresas de software que quase se podia dizer que possuía um verdadeiro monopólio, balançou para trás em sua elegante cadeira e juntou as pontas dos dedos, se fingindo em contemplação. A luz da enorme janela atrás dele espalhava sombras em seu rosto, ocultando qualquer emoção em seus olhos. O horizonte de Manhattan se recortava em uma silhueta irregular, dura e implacável como o homem que nem se incomodou em levantar quando Nicole entrou na sala.

Falta de educação para alguns, o fato de Stephan ter ficado sentado era uma bofetada na cara, vinda de um homem que se orgulhava de sua educação tradicional e elegante.

O fato de ele continuar lindo não estava ajudando.

Se a vida fosse justa, agora, Stephan estaria gordo e careca. Com um pouco mais de 1,80 metro, ele era uma mistura impressionante de sua mãe escandinava e de seu pai italiano — cabelos loiros espessos, olhos tão azuis que chamavam a atenção de todo mundo, e um corpo naturalmente musculoso, que fazia outros homens passarem horas na academia sem, porém, conseguirem um resultado igual. Mas a vida não era justa e ela precisava ignorar a beleza dele como já havia feito sete anos atrás.

— Obrigada por me encontrar — disse Nicole, as palavras se prendendo em sua garganta. Nada na expressão ou nos gestos dele indicavam que ele aceitaria o pedido dela. Mas ela não daria de costas e fugiria, só porque ele a estava olhando como se ela sujasse de lama seu tapete caro.

— Estou voando para o exterior em menos de uma hora. O que você quer, Nicole? — A voz dele lhe dizia que as chances de ela obter alguma coisa que estivesse pedindo era bem próxima de zero.

Com todo o cuidado, Nicole se sentou na cadeira imaculadamente branca que estava na frente da mesa de Stephan. Ela alisou sua calça azul-marinho nos joelhos e cruzou os pés pelos tornozelos, virando as pernas para um lado, esperando não parecer tão ansiosa como ela realmente se sentia.

— Você pode, pelo menos, ser educado, Stephan?

O homem cansado que a observava não tinha qualquer semelhança com o jovem que, por meses, havia visitado a empresa do pai dela sem nenhuma outra razão senão entrar na sala dela, como se ele estivesse surfando, e a convidar para sair com ele. Ela sempre havia recusado e ele sempre sorria, como se a negativa dela o fizesse desejá-la ainda mais. Agora ele não estava sorrindo.

Ele se levantou e se postou diante de sua mesa.

— Nós dois sabemos que esta não é uma visita social. Admito que estou surpreso por seu irmão ter mandado você. O negócio dele deve estar indo bem pior do que eu imaginava.

Nicole colocou sua bolsa no colo.

— Não foi Dominic que me mandou aqui.

Stephan se encostou na cadeira, cruzando os braços sobre o peito largo. Apesar de seu terno caro, confeccionado sob medida, e de sua gravata de seda, ele parecia tudo, menos submisso. Ele havia escalado seu caminho desde a quase falência até a capa das revistas financeiras, e a experiência o havia endurecido.

— Ceeerto — disse ele.

"Não interessa o que ele acha de mim", pensou Nicole.

— Eu preciso sua ajuda — pediu ela.

Os olhos dele se estreitaram enquanto ele pesava o que ela havia dito.

— Você está precisando de alguma coisa e então pensou em mim? Muito comovente. Você também pensou há quanto tempo nós não nos falamos e nas circunstâncias de nossa última conversa, antes de você vir até aqui?

— Você sabe que eu não tive nada a ver com o acontecido.

Ele lhe disse que não fazia a menor ideia de tal coisa com um dar de ombros despreocupado.

— Stephan. Eu nem sequer falo com meu irmão. Eu odeio Dominic. Se eu soubesse que ele iria comprar...

— Roubar... — Stephan a interrompeu.

— Se eu soubesse o que iria acontecer, eu o teria impedido.

— É fácil falar isso agora.

— O que você quer que eu diga, Stephan? Eu fui encontrá-lo quando isso aconteceu. Ele não quis me ouvir. Eu tentei pedir desculpas para sua família. Que mais você queria de mim?

— Eu acho que a verdadeira pergunta é: o que você quer de mim?

Nicole fechou a porta para a resposta que brotava dentro dela. Ele não estava perguntando o que ela um dia havia querido, ele não queria saber que ela havia passado muitas noites solitárias sonhando com o que poderia ter acontecido entre eles. Ele não queria escutar mais bobagens dessas e ela também não queria ressuscitá-las. Não, hoje ela estava ali por causa de uma coisa bem mais concreta, sobre a única coisa em que ela se permitia pensar.

— Meu pai deixou a empresa dele para mim, mas nomeou Dominic como presidente por um ano.

Stephan riu bem alto.

— Genial! Dominic estava sempre sabotando a empresa de seu pai, faz sentido ele ser obrigado a levá-la para frente.

— Você sabe o que Dominic vai fazer com a empresa assim que puser as mãos nela? Ele vai dispensar todo mundo que está na gerência e colocar seus homens de confiança no lugar deles.

— E?

— Eu não posso deixar que isso aconteça.

— Porque você precisa ter o controle.

"Será que isso importa?", ela se perguntou.

Ele não acreditaria nela. Fazia muito tempo que ele construíra uma outra ideia sobre ela em sua cabeça.

—Eu preciso saber se você consegue deixar o passado de lado e me ajudar.

Ele não precisou falar: não; o brilho de seus olhos gelados e a rigidez de seus ombros já lhe davam a resposta.

— Eu posso fazer com que valha muito a pena — acrescentou ela, rápida, jogando sua última carta.

Ele se afastou da mesa. De repente, interessado.

—Agora, quero ouvir isso.

Atrasaria a recuperação da empresa, mas se Stephan não a ajudasse, de todo modo Nicole perderia tudo.

— Eu tenho a patente de um novo software de conversão. Eu poderia passá-la a você.

Ele se aproximou mais. Ficou tão próximo que ela podia sentir o cheiro de seu perfume. Tão próximo que ela não conseguia enxergar mais nada a não ser ele.

— Decepcionante — disse ele.

— O quê? — Ela se mexeu desconfortável na cadeira. Por baixo de seu casaco azul-marinho e de sua camisa de seda, o corpo de Nicole reagia de maneira bem imodesta para a proximidade dele. Ela não queria se lembrar de como sentira aqueles lábios, aqueles lábios que estavam tão perto que bastava que ela se inclinasse um pouco para prová-los, em seu pescoço, e em outras partes de seu corpo que estavam agora cobertas de rendas, implorando por atenção.

Ela encontrou os olhos dele e percebeu que Stephan observava intensamente sua reação; experimentando alguma coisa, algo que eles dois sabiam que estava lá, qualquer coisa de que era melhor não falar.

Ela freou sua urgência por ele. Ela não havia já aprendido, fazia anos, que entregar-se a um capricho, mesmo que apenas por uma noite, trazia consequências emocionais devastadoras? Perdê-lo não teria doído tanto se ela se permitisse acreditar que, um dia, voltaria a ter alguém como ele em sua vida.

— Sua oferta. Achei que você tinha algo mais pessoal em mente... — disse ele. Um canto de sua boca se curvou quando ele pensou nisso.

"Calma. Respire."

Stephan aproveitaria qualquer fraqueza de Nicole. Ela já havia imaginado muitas vezes ele se aproveitando — em gloriosos e tentadores detalhes — mas não agora, não assim.

— Acredite, não estou oferecendo a você nada de pessoal.

— Que pena! Eu estava me sentindo muito tentado.

O sugestivo sorriso dele era um flash do passado que provocou a resposta divertida, inesperada e instantânea dela:

— Com quem você está brincando? Você cairia a meus pés. — E ela lamentou imediatamente suas palavras.

Os olhos dele brilharam com uma centelha de interesse tão intensa que Nicole precisou desviar seu olhar antes que se esquecesse de todas as razões que faziam com aquela atração não pudesse existir. Ele colocou as mãos sobre os braços da cadeira dela e a fez saber que ela revelava exatamente o que mais queria esconder.

— Veja, isso aí sempre me intrigou. Qual dessas mulheres é a verdadeira? A Nicole fria que fala da morte de seu pai apenas por causa do testamento ou a mulher tentadora? O que você faria se eu aceitasse seu desafio?

As palavras dele provocaram a reação que Stephan esperava. Nicole voltou a cabeça e descobriu que ele estava próximo a ela, muito mais perto do que seria confortável. Ele podia desejá-la, mas ele havia desejado muitas mulheres nos últimos sete anos. A mídia estava cheia de fotos de Stephan levando pelo braço herdeiras e celebridades. Nenhuma delas havia sustentado o interesse dele por muito tempo, e Nicole não suportaria a dor de perdê-lo uma segunda vez.

Ele se inclinou um pouquinho mais, ficando ainda mais perto.

— Não sei por que eu falei aquilo — disse ela, se encostando para trás.

— Você falou aquilo pela mesma razão que eu estou lutando para manter minhas mãos longe de você. Há alguma coisa entre nós dois; algo que nós precisávamos ter resolvido anos atrás.

— Eu não posso fazer isso, Stephan. — Ela disse isso com a voz mais rouca do que gostaria.

— Eu também não posso, por isso você está segura. — Ele se endireitou. — Vá embora e diga a seu irmão que eu não vou desistir de meus planos, mesmo que a proposta seja bem tentadora. Nem mesmo que essa proposta seja uma transa com você.

E ela enxergou toda a verdade, com clareza.

Ele não a desejava.

Ele só queria ver até onde ela lhe permitiria ir.

Nicole falou, fechando suas mãos em punhos:

— Sabe, eu nunca entendi por que você e meu irmão não são os melhores amigos. São dois completos idiotas!

— Tzz, tzz! Sua máscara está caindo. Vai ser difícil explicar para Dominic que o plano dele não funcionou comigo.

Nicole se pôs de pé, seu peito arfando, e disse:

— Isso está sendo um jogo para você, não é? Você só está tentando me vencer. — Ela odiou que seus olhos estivessem se enchendo de lágrimas quando ela queria mostrar para ele quão pouco suas palavras a feriam.

"O que interessa isso? Por que esconder?", pensou ela. Em um momento ela estaria saindo por aquela porta e jamais voltaria a vê-lo.

— Adivinhe só? Você ganhou. — Uma lágrima rolou pelo rosto dela. — Como fui idiota ao pensar que havia um pingo de humanidade em você.

Ela se voltou para sair.

— Nicole... — Stephan disse suavemente.

Ela virou o rosto para ele, sua expressão novamente gelada. Ele não estava fingindo se preocupar, estava? Ou ele não resistia à tentação de dizer a ela mais alguma coisa espirituosa antes de ela ir embora?

— O que você quer, Stephan? Pensou em um outro insulto? Você acha que depois da semana horrível que eu tive estou me importando com o que você pensa sobre mim?

Bem devagar, como se as palavras lhe custassem a sair, ele disse:

— Você não deveria ter vindo aqui.

— Isso é óbvio, obrigada — respondeu ela, se voltando e caminhando até a porta, tropeçando. "Droga, será que eu não consigo nem caminhar direito enquanto eu estou aqui?"

Ele a segurou pelo braço quando ela estava quase saindo da sala e parou na frente dela, esperando que ela o olhasse. Se Nicole não o conhecesse tão bem, poderia até achar que Stephan estava preocupado.

— O que você achou que iria acontecer quando você entrasse por aquela porta? Achou que eu seria invadido por velhas emoções e esqueceria todo o resto?

Ela não ficou surpresa com a ironia das palavras dele. Ela o fitou segurando seu braço e toda sua raiva desapareceu. Sério, o que ela esperava?

— Não. É óbvio que o que você algum dia sentiu por mim não existe mais. Eu não teria vindo se meus advogados tivessem achado outra maneira.

— Outra maneira de quê?

Nicole o olhou nos olhos.

— Para invalidar o testamento. Um ano atrás, você fez uma oferta para comprar a Corisi Ltd. Meu pai iniciou as negociações, mas não terminou. Esse negócio inacabado é a única brecha que meus advogados encontraram para resolver a questão.

A mão dele apertou com mais força o braço dela.

— Então, você veio aqui só para falar de dinheiro.

Nicole deu de ombros, tristemente.

— O que importa? Você não vai me ajudar.

O rosto dele endureceu e seus olhos se encheram de uma raiva que ela não esperava.

"Não!", ela se repreendeu. Não era hora de ela ficar imaginando que ele não queria deixá-la ir embora pela mesma razão que a fazia querer ficar. A vida não era assim. A vida dela, pelo menos.

— O que seus advogados disseram? — Perguntou ele.

"O que eu perco com isso?", ela se perguntou. E disse:

— Se você comprar a Corisi Ltd. e a vender de novo para mim, a empresa fica livre das regras do testamento.

Ele balançou a cabeça, como se não houvesse escutado bem.

— Comprá-la? Comprar uma empresa de trinta milhões para você?

Ela não podia ir embora agora. Não agora, se existia uma centelha de esperança de que ele poderia ajudá-la.

— Seria apenas no papel. Você não teria de gastar dinheiro algum.

— Só teria de enfrentar meu conselho administrativo e os investidores pensando que eu estava louco.

Ele não estava dizendo não... Ainda.

— Eu também pensei nisso. Ninguém ficaria surpreso se...

— Se?

Ela falou rapidamente, contando a ele seu plano antes que ele tivesse a chance de reconsiderar e desistir.

— Se nós ficássemos noivos. Tudo isso faria sentido. Quando as famílias se juntam, as empresas delas também se juntam. É natural. Aí, quando nós anunciarmos que rompemos o noivado, você passa a empresa de novo para mim, pelo mesmo preço, e você não estará perdendo nada.

Ela não conseguia ler nada na expressão dele.

— Você pensou em tudo, só não pensou por que eu faria isso.

— Para ganhar aquela patente. Stephan, ela é bem promissora. Você pode ganhar milhões.

Por um momento ele pareceu estar tentado, mas então, disse:

— Mesmo que eu quisesse ajudar você, ninguém acreditaria. Ninguém acreditaria em nosso noivado.

— Acreditariam, sim, se você dissesse que já estávamos namorando em segredo.

— Não.

— Noivados acontecem a toda hora. Diga que estou grávida. Não quero nem saber.

Ele falou mais alto:

— Minha família ficaria furiosa se soubesse que nós estávamos namorando em segredo... Pior ainda, com um noivado por você estar grávida. Não.

Ele parecia triste?

Eles escutaram uma batida na porta. Maddy espreitou para dentro da sala.

— Stephan, meu carro chegou, estou indo embora.

Stephan olhou as horas e praguejou.

— Maddy, por favor, veja se meu carro já está chegando. Ele deveria ter chegado há dez minutos. Estou ficando apertado de tempo.

Maddy olhou Stephan e Nicole, seus olhos indo de um para o outro.

— Vou fazer isso. — Ela fechou a porta, relutante.

Perdido em seus pensamentos, Stephan ficou olhando para a porta.

— Stephan — chamou Nicole.

— Hmm?

— Solte meu braço.

Ele tirou a mão do braço dela.

— Eu não odeio você, Nicole. Se você estivesse me pedindo para recomendá-la a alguém... Nossa! Até mesmo se você estivesse me pedindo dinheiro emprestado, eu a ajudaria. Mas isso é demais.

— Eu entendo — disse ela, endireitando as costas e se afastando dele.

O celular de Stephan tocou no bolso do paletó. Ele o pegou e disse:

— Meu carro está esperando lá embaixo. Gostaria de poder ajudá-la, mas não posso. Você vai ter de viver segundo a vontade de seu pai.

Este livro foi impresso em
Sabon MT para a Leya e
impresso em Janeiro de 2013.